Die Lichtmacher

Ein Fall für Emely Petersen – **Band 7**

Ele Wolff

Ostfrieslandkrimi

Impressum

Ele Wolff/ Birgit Baasner
Okko ten Broekstraße 37
26789 Leer/Ostfriesland

Lektorat/Korrektorat: Ela Marwich von Textcheck Agency

Covergestaltung:
k-e-coverdesign@gmx.de

Bildquellen: Pixabay

Alle Personen und Geschehnisse in diesem Buch sind ein reines Hirngespinst meinerseits. Etwaige Ähnlichkeiten mit realen Personen sind nicht beabsichtigt oder gewollt. Alles ist fiktiv, außer dem ostfriesischen platten Land mit seinen Besonderheiten, das gibt es wirklich.

DIE LICHTMACHER

Ein Fall für Emely Petersen – **Band 7**

Ele Wolff

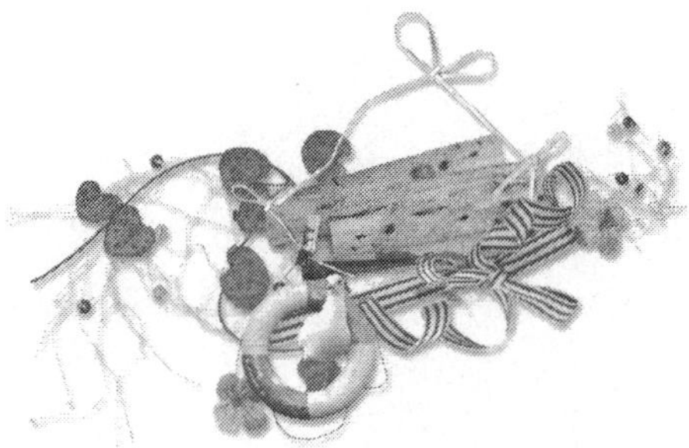

Ostfrieslandkrimi

1

Das war wieder einer der Tage, die man am liebsten schnell hinter sich bringen wollte. Ich stand, mit einem Glas Sekt in der Hand, gekleidet in einen viel zu engen schwarzen Rock, den nur eine Sicherheitsnadel an Ort und Stelle hielt, in der großen Lagerhalle der Firma ›Die Lichtmacher‹ und hatte eiskalte Füße.

Man hatte die Lagerregale für den Festakt mit weißen Tüchern abgehangen, Blumenkübel aufgestellt und die Stehtische in weiße Hussen gekleidet. Auf einer provisorischen Bühne stand einer der Chefs, Ralf van der Pütten, und hielt eine launige Rede zum hundertjährigen Jubiläum seiner Firma.

Ich bin Emely Petersen, Mitte fünfzig und Inhaberin des Café Kluntje am Hafen des Küstenortes Neuharlingersiel, Mutter von pubertierenden Zwillingen, leicht mollig und mit einer gewissen Vorliebe für Torte und alles Mörderische behaftet.

»Wie lange wird das ganze Gesabbel der Herren noch andauern?«, flüsterte mir Selma zu. »Ich will endlich nach Hause. Fridjof hatte doch heute Morgen seine Darmspiegelung und braucht jetzt ein paar Streicheleinheiten. Du weißt ja, wie Männer sind.«

Die Endsechzigerin war unsere weltbeste Kuchenbäckerin und garantierte mir durch das Erschaffen der von ihr selbst erfundenen süßen Köstlichkeiten einen regen Zuspruch der Gäste in unserem Café.

»Keine Ahnung«, entgegnete ich mit einem leichten Schulterzucken und versuchte dezent, meinen Rockbund etwas zu lockern.

»Und wo ist Leevke?« Selma sah sich um. »Sie war doch auch eingeladen, oder?«

Leevke war meine junge Mitarbeiterin, die mir durch ihr Organisationstalent und Umsicht manche freie Stunde fernab des Cafés ermöglichte. »Ja, sie wollte auch kommen, aber ihr Freund ist krank, und da konnte sie nicht …«

Applaus brandete auf. Van der Pütten verbeugte sich und machte den Sängern eines Shantychors – alle gekleidet in blau-weiß gestreiften Fischerhemden – Platz, die auch sofort mit voller Inbrunst das erste Lied anstimmten.

Selma und ich standen an einem der Stehtische und beobachteten die Sänger, die sich rhythmisch zur Musik bewegten.

»Müssen wir noch lange bleiben?«, grummelte die Kuchenbäckerin. »Mit tun die Füße weh.«

»Mir auch, aber wir arbeiten schon so lange mit der Firma zusammen, da wollte ich die Einladung zu dieser Jubiläumsfeier nicht ausschlagen. Denk dran, wie schnell dir Tamme den neuen Ofen besorgt hat. Da können wir uns nicht sofort verdrücken.«

»Wenn du meinst.« Mit einem schnellen Griff nahm sich Selma ein Glas Sekt vom Tablett der vorbeieilenden Kellnerin. »Ich habe so einen Durst. Wir hatten heute Mittag Fisch und der will ja bekanntlich schwimmen.« In einem Zug leerte sie das Glas.

Etwas abseits erblickte ich unsere beiden Ortspolizisten Harm und Sigi, die sich entspannt zurückgelehnt an ein Glas Bier klammerten. Sigi, der sehr viel Wert auf seine äußere Erscheinung legte, trug eine blaue Jacke aus Cordsamt, die sehr teuer aussah.

»Guck mal, die Jungs sind auch da«, machte ich Selma auf die beiden Gesetzeshüter aufmerksam.

»Wo?«

»Da hinten. Sie sitzen auf einer Bank direkt an der Theke.«

Wie lange musste ich höflichkeitshalber bei diesem Ereignis anwesend sein, ohne dass es peinlich war, nach Hause zu gehen? Die Reden der verschiedenen öffentlichen Personen, einschließlich des Bürgermeisters, hatte ich ja bis jetzt ohne Murren über mich ergehen lassen.

Gelangweilt ließ ich meinen Blick durch den Raum schweifen. Immo van der Pütten, Buchhalter und ebenfalls Chef der Firma, stand in einer geöffneten Tür an der Seite der Halle und stritt sich offensichtlich mit seinem Bruder Ralf.

Die Brüder kannte ich schon seit meiner Kindheit. Immo war schon als Kind ein Streithammel gewesen, während Ralf immer ruhig und besonnen war. Immo boxte seinen Bruder auf den Oberarm und hob die Hand. Ralf schüttelte den Kopf und reichte Immo mit einem verbissenen Ausdruck ein zusammengefaltetes Blatt Papier.

Selma war meinem Blick gefolgt und beobachtete gleichfalls die Szene. »Die werden doch wohl hier keinen Aufstand machen. Das wird den beiden Ehefrauen gar nicht gefallen. Gesa ist sowieso immer so etepetete.«

Mit wütendem Gesicht hatte Immo das Schriftstück in seine Brusttasche gesteckt, warf seinem Bruder noch einen finsteren Blick zu und verzog sich dann.

Die Männer des Shantychors verließen die Bühne und ein dünner vollbärtiger Diskjockey beschallte uns anschließend mit Rockmusik.

»Jetzt ist es aber Zeit«, meinte Selma etwas ungehalten und zog ihre Jacke enger um ihre Schultern. »Hättest du gedacht, dass es Ende September schon so kalt ist?« Sie blickte zur Decke. »Hier in so einer Halle kannst du nicht mehr Wärme erwarten.«

»Moin Emely, Moin Selma.« Plötzlich stand Ralf

vor uns. Sein Gesicht war verschwitzt und er wirkte ziemlich aufgeregt.

»Moin Ralf«, kam es synchron aus Selmas und meinem Mund.

»Nett, dass ihr gekommen seid«, lächelte er freundlich.

»Sach mal, Ralf, was ich schon lange wissen wollte«, begann Selma. »Wem ist denn euer Firmenname eingefallen? War das dein Vater?«

»Mein Großvater ist auf diese Idee gekommen«, erklärte der Elektromeister. »Die Leute haben früher, wenn der Strom ausfiel, nach meinem Großvater gerufen, er möge doch schnell kommen und wieder Licht machen. Man kannte ihn überall nur als *den Lichtmacher*. Der Rest ist Geschichte.«

»Ah ja, sehr interessant«, nuschelte Selma und drapierte ihr Halstuch neu.

Ralfs Gesicht war jetzt ernst. »Emely, ich müsste dich mal sprechen.«

»Mich? Ist es was Geschäftliches?«

Er schüttelte den Kopf. »Nein, eher privat. Ich denke, du könntest mir weiterhelfen. Du kennst dich ja in solchen Sachen aus.«

»Mit Verbrechen und so einem Kram«, grätschte meine Begleiterin dazwischen. »Du hast ja wohl nicht vor, einen Mord zu begehen, oder?«

Er wirkte etwas irritiert. »Nein, Unsinn …«

»War ja auch nur Spaß«, verkündete Selma.

Nervös wischte er die Hände an seiner Jacke ab. »Kannst du vielleicht morgen Früh in mein Büro kommen? Hier ist nicht der richtige Ort, um so etwas zu besprechen. Meine Frau braucht davon auch nichts zu wissen.«

Nur zu gerne sagte ich zu. »Um zehn Uhr morgen Vormittag?«

Er nickte erleichtert. »Das wäre prima.« Er drehte sich zum Gehen. »Ich lasse euch mal wieder alleine …«

»Komm, jetzt gehen wir«, stupste mich Selma an, als Ralf sich entfernt hatte. Ich konnte es kaum abwarten, zu hören, was Ralf van der Pütten mit mir zu besprechen hatte.

Selma und ich verließen die Veranstaltung.

Zu diesem Zeitpunkt ahnte ich noch nicht, dass ich ihn das letzte Mal lebend gesehen hatte – und sicherlich nie erfahren würde, was er auf dem Herzen hatte.

2

Ich hatte gerade erst zwei Schlucke von meinem Morgenkaffee getrunken, als es heftig an unsere Wohnungstür klopfte.

»Da ist einer aus dem Bett gefallen und will jetzt dringend ein Stück Kuchen«, lästerte mein Sohn Wilko. »Ich bin ja immer noch dafür, dass du auch Pizza anbieten solltest. Dann kommen auch junge Leute und nicht nur die mittelalten Dämchen.«

»So ein Quatsch«, entgegnete ich, »wir haben viele Gäste aus ganz Deutschland von jung bis alt.«

»Es hat schon wieder geklopft.« Grinsend sah er mich an.

»Ja doch!«, rief ich und riss die Tür auf.

»Emely«, schnaufte Selma, »es ist was passiert.«

Es musste schon etwas sehr schwerwiegendes vorgefallen sein, denn sie war sonst die Ruhe in Person.

»Fridjof ist heute Morgen mit dem Fahrrad los. Da hat er gesehen, dass bei van der Püttens großes Aufgebot ist. Polizei mit Blaulicht und …« Sie holte kurz Luft und senkte dann ihre Stimme. »Sogar ein

Leichenwagen ist vom Hof gefahren. Fridjof sagt, da muss was Schlimmes geschehen sein.«

»Was wird denn da passiert sein? Wir waren doch erst gestern …« Ich sah mich kurz um. »Ich komme gleich runter.«

»So ein Elend aber auch«, lamentierte die Kuchenbäckerin, während sie wieder die Treppe zum Erdgeschoss herunterstieg.

Hektisch putzte ich mir die Zähne und fuhr mit einer Bürste heftig durch meine Haare. Vielleicht sollte ich mir die Haare doch mal färben, schoss es mir in den Kopf. Mein Grau sah eher wie Putzwolle aus. Aber das würde bedeuten, immer wieder Farbe … Nein, lieber nicht.

Unsere Putzfee Teelse hatte es sich schon an Selmas Küchentisch gemütlich gemacht und hechelte gerade die wenigen Einzelheiten, die über den morgendlichen Vorfall in der Firma ›Die Lichtmacher‹ bekannt waren, mit Selma durch.

»Ich habe gesehen, wie die Polizei dahingefahren ist. Vielleicht hat es da gebrannt?«

»Moin Teelse«, sagte ich, als ich Selmas Küche betrat. »Wieso soll es da gebrannt haben? Dann wäre ja die Feuerwehr hingefahren und nicht lauter Streifenwagen.«

»Kann ja sein, dass die Feuerwehr schon wieder weg ist.« Sie erhob sich ruckartig. »Emely, du musst da schnell hin, das ist dein Metier.«

Das hätte sie mir gar nicht sagen brauchen, denn mein Plan stand schon fest. »Ich sehe mal nach, was da los ist.«

Teelse nickte zustimmend. »Und ich mache hier mal klar Schiff, aber ich will sofort alles wissen.«

Zum Glück regnete es, so konnte ich, genau wie am gestrigen Abend, ohne schlechtes Gewissen mit meinem Bulli zur Firma ›Die Lichtmacher‹ fahren. Das großzügige Anwesen lag ein wenig außerhalb von Neuharlingersiel. Neben den Lagerhallen und diversen Wirtschaftsräumen befand sich auf dem Gelände eine recht üppige Villa mit einem Nebenhaus, in dem die Garagen der Familie untergebracht waren.

Vorsichtshalber parkte ich in einer Nebenstraße und lief zum Eingangstor. Zwei labberige Luftballons wehten im Wind, eine Papiergirlande hing traurig und schlaff am Zaun.

Mehrere Polizeiautos parkten auf dem Hof, die Angestellten standen in Gruppen zusammen und redeten leise.

Zwischen all den Menschen erblickte ich Ava Terveer. Die Sekretärin stand mit gebeugtem Kopf und frierend neben dem Fahrradständer und hüpfte nervös von einem Fuß auf den anderen. Ich kannte die etwa Vierzigjährige nur flüchtig, aber sie schien mir jetzt die Einzige zu sein, die ich ansprechen konnte.

So als würde ich dazugehören, lief ich durch einen Menschenpulk und stellte mich neben die Angestellte. »Moin Ava, was ist denn hier los?«

Erschrocken sah sie hoch. »Ach du bist es, Emely. Ich kann es noch gar nicht glauben.«

Zwei schwarze Rinnsale ihrer Wimperntusche liefen über ihre Wangen. Sie nahm ein Papiertaschentuch und trocknete sich das Gesicht. Jetzt war die Tusche überall verteilt.

»Hat es bei euch gebrannt oder was ist los?«

»Nein, der Chef … er ist tot. Ich kam heute Morgen …«

Sie sprach nicht weiter.

»Welcher Chef? Immo oder Ralf?« Ich dachte sofort an den Streit der beiden, den ich gestern beobachtet hatte.

»Ralf ist tot. Bei Immo hätte es mich nicht gewundert, so stinkig wie der manchmal ist.«

Zwischen all den Menschen sah ich die Ortspolizisten Harm und Sigi, die einige der Anwesenden befragten und sich Notizen machten. »Weißt du, wie Ralf … Ich meine, ist er gestürzt? Er sah gestern etwas mitgenommen aus.«

Ava hatte sich ein wenig gefasst. »Es war so … Heute Morgen war ich ziemlich früh da, auch für die ganze Aufräumerei wegen gestern … Im Büroflur steht so eine olle holländische Truhe, die hat der Urgroßvater der Chefs mal aus Übersee mitgebracht oder so …«

»Und was ist damit?« Gespannt wartete ich darauf, dass sie weitersprach.

»Neben dem Monstrum von Truhe steht schon seit Langem eine Palme mit so langen Wedeln. Na ja, und heute Morgen habe ich gesehen, dass ein paar von den Blättern … sagt man überhaupt Blätter zu den Wedeln?«

Ungeduldig dachte ich kurz nach. »Keine Ahnung, was war denn mit den Blättern?«

»Ein paar der Dinger waren zwischen der Truhe und dem Deckel eingeklemmt. Ich dachte noch: Wer hat denn da in die Truhe geguckt? Vielleicht wollte mal einer nachsehen, was da drin ist und hat dabei die Pflanze eingeklemmt. Emely, weißt du, ich denke immer, Pflanzen sind ja auch Lebewesen, und dann sind die Blätter da so eingequetscht. Das konnte ich doch so nicht lassen.«

»Und dann hast du die Truhe aufgemacht?«

Sie nickte. »Der Deckel war ziemlich schwer und da lag er … Ralf. Totenbleich und eiskalt. Ich habe meine Hand auf sein Gesicht gelegt … Ich bin dann sofort ins Büro … Du siehst ja, was hier los ist.«

»Weißt du, wie er gestorben ist?«

»Wie er gestorben ist?« Ava wiederholte meine Worte mit einem ausdruckslosen Gesicht.

»Ich nehme mal an, dass er sich nicht selbst in die Truhe gelegt hat.«

»Du meinst, jemand anderes war das?« Sie schlug sich die Hand vor den Mund. »Das ist ja schrecklich!«

»Ich glaube, es ist besser, du gehst rein und setzt dich irgendwo ruhig hin«, empfahl ich ihr.

»Ja, das mache ich«, murmelte sie und schlich ins Haus.

Suchend hob ich meinen Kopf und versuchte, einen der beiden Ortspolizisten in all dem Gewusel zu erkennen. Ich hatte Glück. Harm saß gerade in einem der Streifenwagen und telefonierte.

Möglichst unauffällig lief ich dorthin, öffnete die Beifahrertür und ließ mich auf den Beifahrersitz fallen.

Harm hatte gerade das Gespräch beendet und sah mich empört an. »Sach mal, spinnst du Emely? Jetzt aber echt. Wenn das jemand sieht.«

»Moin Harm, reg dich nicht auf. Ich habe nur eine Frage. Es ist wegen Ralf. Was ist die Todesursache?«

Mit einer verzweifelten Geste fuhr er sich durch seine Haare. »Ich komme in Teufels Küche, Emely. Wenn das einer mitbekommt, dann werde ich am Ende noch nach Bayern versetzt.«

»Dann sag mir schnell, warum er tot ist. Ein natürlicher Tod kommt ja bei dem Fundort sicher nicht infrage.«

»Es sieht so aus, als hätte man ihm mit einem stumpfen Gegenstand den Schädel eingeschlagen.«

Harm seufzte. »Der war so nett und …«

Ich sah an Harms Kopf vorbei, Sigi auf uns zukommen. »Danke, aber es ist besser, ich haue jetzt ab.« Gerade hatte ich hinter dem Eingangstor Deckung gefunden, als Sigi die Beifahrertür des Polizeiautos öffnete.

3

»Und Rieke ist so eine Nette«, meinte Tabea gerade, als ich an den Fenstertisch im Café Kluntje trat, um die Bestellung der vier Freundinnen aufzunehmen.

Das Quartett bestand aus Netti, der Mutter meines verstorbenen Mannes Gero, aus Tabea und der modebewussten Franziska. Die ewig kränkelnde Hedwig war ebenfalls Bestandteil der Frauenrunde.

Die Teeschwestern, so nannten die Damen ihren Club, trafen sich regelmäßig im Café Kluntje und tratschten bis zum Abwinken.

»Und jetzt ist Rieke Witwe«, meinte Netti, »und Ralf war so ein freundlicher Mensch.«

Franziska, die eleganteste der Freundinnen, schob sich eine der Locken aus ihrem Gesicht, das schon mehr Kosmetik zu sehen bekommen, als Selma Torten gebacken hatte. »Es sterben ja nicht nur unfreundliche Menschen, auch die liebenswürdigen Leute trifft es. Der Tod kennt da kein Pardon.«

»Und was ist mit Ralf passiert?« Hedwig sah mich an.

Ich stand da und zuckte mit den Schultern. »Ich

weiß es auch nicht. Mal sehen, was morgen in der Ostfriesen-Zeitung steht.«

»Ich glaub dir kein Wort, Emely«, empörte sich Tabea. »Du kannst uns doch nicht erzählen, dass du da noch nicht rumgeschnüffelt hast.«

»Was kann ich euch denn bringen?« Geflissentlich überhörte ich die Frage.

»Selma hat doch sicherlich wieder diese leckeren Ananastörtchen, oder?«, wollte Netti wissen. Ich sah an ihrem Gesichtsausdruck, dass sie genau wusste, wo ich am Morgen gewesen war.

»Ich bringe euch welche.« Wenig später brachte ich Ostfriesentee und Kuchen an den Tisch der Frauen.

Leevke räumte gerade den großen Tisch vor dem Ostfriesensofa ab und balancierte das Tablett zur Theke. Gedankenvoll ließ ich meinen Blick durch den Raum schweifen. Damals, nach dem Tod meines Mannes, hatte ich mit Unterstützung Nettis und ihres zweiten Ehemannes Horst dieses Café eröffnet und mit Flohmarktartikeln und Dachbodenfunden möbliert. Hier passte nichts zusammen. Verschiedene Stühle und Tische standen in Gruppen zusammen, etliche Regale voller Bücher luden die Gäste zum Schmökern ein und eine Menge Schnickschnack, den normalerweise kein Mensch brauchte, vervollständigte die Einrichtung. Aber all diese Dinge brachten Gemütlichkeit in mein Café und luden zum Verweilen ein.

Ich war ein zufriedener Mensch und durfte mich überhaupt nicht über mein doch so abwechslungsreiches Leben beklagen. Ungehindert konnte ich meiner Leidenschaft für alles Mörderische nachgehen. Und dazu hatte ich in den letzten Jahren mehr als einmal Gelegenheit gehabt.

Eine Gruppe Touristen kam herein, setzte sich an einen der Fenstertische und orderte Tee auf dem Stövchen, dazu für jeden ein Stück Ostfriesentorte.

Tabea winkte mir zu und formte lautlos das Wort *Sanddornlikör*. Ich nickte kurz und brachte den wild durcheinanderredenden Damen das Gewünschte.

»Komm, setz dich doch einen Moment«, bat mich Netti. »Wenn du Harm und Sigi siehst, musst du sie aber fragen, was los ist. Man muss ja schließlich Bescheid wissen.«

»Ja, mach ich auf alle Fälle«, versprach ich, »aber wenn ich schon mal bei den bestinformierten Damen sitze, kann ich euch ja gleich mal nach der Familie van der Pütten fragen. Wie sind die so?«

»Das ist eine bekloppte Familie«, begann Tabea. »Ich habe früher mal bei denen in der Villa geputzt, so aushilfsweise.«

»Manche von denen sind echt hochnäsig, nur der Ralf nicht, der war recht normal.«

»Und seine Frau, die Rieke auch«, ergänzte Franziska.

»Wie groß ist die Familie? Ich meine, wie viele Geschwister sind das denn?« Ich wusste aus Erfahrung, dass man anhand der Familienstruktur wichtige Informationen erhalten konnte.

»Soviel ich weiß, hat Ralf noch drei Geschwister«, erläuterte Hedwig. »Neben ihm gibt es noch Immo, der auch in der Firma arbeitet und dann noch einen jüngeren Bruder, der wohnt aber woanders.«

»Ich glaube in Hamburg«, sagte Netti, »der macht was im Fernsehen.«

»Aber dann gibt es noch eine Schwester«, ergänzte Hedwig, »sie heißt Renate, aber wo die abgeblieben ist, weiß ich nicht.«

»Aber ich.« Netti hob die Hand. »Die wohnt in irgend so einem Kaff im Harz und schreibt blutrünstige Krimis.«

Franziska runzelte die Stirn. »Also von einer Krimiautorin Renate van der Pütten habe ich noch nie etwas gehört.«

»Vielleicht ist sie inzwischen verheiratet und hat einen anderen Nachnamen«, gab ich zu bedenken.

»Ihr liegt alle falsch«, grinste Netti, »sie schreibt unter einem Pseudonym. Irgendwas Englisches … Harriett irgendwas.«

»Das machen ja viele Autoren«, behauptete Franziska. »Einer Renate würde man ja einen ausgefeilten Mord nicht abnehmen.«

»Oder die Autorin will nicht, dass ihr Umfeld von diesen kriminellen Tätigkeiten etwas erfährt«, meinte Hedwig. »Stellt euch vor, eine Schriftstellerin, die sich diverse blutige Morde ausdenkt und deren Namen jeder im Ort kennt, geht zum Metzger und will vier Scheiben Blutwurst kaufen … Da würde es doch jedem gruseln. Ich würde auf alle Fälle …«

»Jetzt fällt es mir wieder ein«, platzte Netti dazwischen, »sie nennt sich Harriet Archjohn, ja genau, Renate ist Harriet Archjohn.«

»Und dann wohnt sie im Harz?«, stänkerte Franziska. »Wenn jemand so einen Namen hat, sollte man doch mindestens in New York wohnen.«

Das ist ja eine interessante Familie, freute ich mich, es gab da sicherlich vieles, was ich erkunden könnte.

»So meine Damen, dann unterhaltet euch noch schön. Ich muss leider weitermachen.« Ziemlich unmotiviert trottete ich in mein Büro, wo eine Menge Arbeit auf mich wartete.

Aber zuerst musste ich unbedingt Bertus kontaktieren. Er war ein guter Freund unserer Familie, gelernter Konditor und Ex-Kommissar der Dienststelle in Wittmund. Zu meinem Entzücken hatte er immer noch Kontakt zu den ehemaligen Kollegen. Auf diese Weise hatte ich in der Vergangenheit sehr oft wichtige Informationen erhalten, die nicht in der Presse zu lesen waren.

Leider nahm nur die Mailbox meinen Anruf entgegen. »Moin Bertus, hier ist Emely, du hast ja sicher schon von dem Mord in der Firma der Familie van der Pütten gehört. Vielleicht hast du schon Informationen für mich. Es wäre nett, wenn du mich zurückrufst.«

Hoffentlich meldete er sich bald, denn Geduld war nun mal nicht meine Stärke. Im Internet suchte ich nach dem Namen Harriet Archjohn. Erstaunt las ich, dass die Autorin mit ihren Büchern schon zweimal auf den wichtigsten Bestsellerlisten auf Platz eins gestanden hatte und mit Literaturpreisen überhäuft worden war. Mehrere Artikel der überregionalen Presse berichteten über ihre Lesungen in stets ausverkauften Veranstaltungen.

Von einer Renate, die in einem Dörfchen im Harz wohnte, war nichts zu lesen.

Dann also weiter mit der Schnüffelei. Die Firma ›*Die Lichtmacher*‹ hatte eine eigene Homepage, auf der ich ausführlich die hundertjährige Firmengeschichte nachlesen konnte. Inhaber des Familienbetriebes war die Familie van der Pütten, Immo und Ralf fungierten als Geschäftsführer.

Also gehörte allen vier Geschwistern die Firma? Lag da das Mordmotiv? Gab es finanzielle Schwierigkeiten? Familienzwistigkeiten?

Ich hoffte, dass Bertus mehr darüber wusste. In der Zwischenzeit konnte ich ja noch mal …

Meine Bürotür wurde aufgerissen und meine Freundin und Nachbarin Elaine stand atemlos in der Tür. »Emely, du hast doch sicher einen Moment.«

Ohne eine Antwort abzuwarten, ließ sie sich mit einem tiefgründigen Seufzer auf einen der Stühle fallen. »Alles ist immer so schwierig.«

Else Vogt-Holland hatte vor Jahren ihren Vornamen in Elaine geändert. Aus Imagegründen, wie sie immer verlauten ließ. Der Name Else würde so ganz und gar nicht zu ihrer äußeren Erscheinung passen, behauptete sie und sei wenig sexy. Sie war in meinem Alter und ziemlich durchgeknallt. Fast immer trug sie bunte Flatterkleider, denn die würden, laut Elaine, ihr in die Jahre gekommenes Bindegewebe etwas kaschieren. Sie war immer mit vollem Einsatz auf der Suche nach dem perfekten Partner.

»Hast du Stress?«, wollte ich von ihr wissen. Die Gute wirkte etwas derangiert.

»Nöö, eigentlich nicht«, behauptete sie und pustete sich eine Haarsträhne aus dem Gesicht. »Ich habe mich gefragt, ob ich mir einen Hund zulegen soll. Was meinst du?«

»Einen Hund?« Jetzt war ich platt. Ich hatte noch nie mitbekommen, dass sie sich mit der Haltung von Haustieren befasst hatte.

Sie nickte. »Ich glaube, das sind die besseren Partner. Immer treu, anlehnungsbedürftig und quatschen nicht dazwischen.«

»Hast du die Suche nach deinem Traummann aufgegeben?«

»Vorerst jedenfalls«, nuschelte sie und putzte sich

die Nase. »Ich werde ja auch nicht jünger. Die Kerle in meinem Alter sind da schon etwas abgegriffen. Und so junges Gemüse …? Ich weiß nicht, ob das Zukunft hat.« Sie zwinkerte mir zu. »Wenn du verstehst, was ich meine.«

»Kindchen, da hast du vollkommen recht«, behauptete Netti, die leise hereingekommen war. »Die gebrauchten Exemplare sind oft sehr schwierig zu händeln. Ich weiß, wovon ich rede. Horst ist so ein Fall.«

Ich musste lachen. Meine Schwiegermutter hatte es wieder mal auf den Punkt gebracht. »Aber Horst ist doch so … so?«

»Lieb und fürsorglich.« Netti nickte. »Ja, ich habe Glück gehabt mit meinem Mann.«

»Wie hast du es geschafft, dass du dir so einen Mann geangelt hast?«, wollte Elaine von Netti wissen. »Du warst ja auch schon etwas älter.«

»Das war vielleicht reines Glück, aber wenn du sichergehen willst, nimm einen Altertumsforscher, der steht auf ältere Dinge«, dozierte meine Schwiegermutter und fing, nachdem sie sich einige Sekunden lang ernst gehalten hatte, laut an zu lachen.

4

Bertus rief mich am nächsten Morgen genau in dem Moment zurück, als ich gerade dabei war, mein Gesicht einzucremen. Schnell nahm ich mithilfe eines Handtuchs mein Telefon und drückte umständlich die grüne Taste.

»Moin Bertus, ich habe schon gewartet.«

»Moin, ich bin aber schon fleißig gewesen«, sagte er und schniefte dezent. »Ich bin ein bisschen erkältet, aber nicht so schlimm. Also …«

»Ja?« Das Handtuch rutschte mir weg und meine Hand überzog das Telefon mit einer Fettschicht.

»Heute Morgen habe ich schon mit meinem ehemaligen Kollegen gesprochen. Kurt hat mir inoffiziell mitgeteilt, dass Ralf van der Pütten mit einem stumpfen Gegenstand niedergeschlagen wurde und in Folge einer massiven Hirnblutung verstorben ist.«

»Hat man die Tatwaffe gefunden?«

»Nein, nichts. Wahrscheinlich hat der Täter das Objekt mitgenommen und irgendwo entsorgt.«

»Und Fingerabdrücke? Auf der Truhe müssen

doch jede Menge davon sein. Die steht bestimmt schon lange da.«

»Du sagst es, viel zu viele und alle verwischt, deshalb sind sie unbrauchbar. Wer weiß, wer alles im Laufe der Zeit daran herumgetatscht hat.«

»Das ist ja nicht viel«, entgegnete ich enttäuscht. »Und die Firma der van der Püttens? Gibt es da was Besonderes?«

Bertus räusperte sich und hantierte offensichtlich mit einem Blatt Papier. »Die Firma steht auf den ersten Blick finanziell gut da, sehr gut sogar. Die beiden Geschäftsführer, Ralf und Immo van der Pütten, haben in den letzten Jahren das Dienstleistungsangebot der Firma enorm erweitert. Sie bieten nicht nur Elektroartikel inklusive der Montage, sondern auch Unterhaltungselektronik und Computer an. Und was selten ist: Es laufen keine Kredite. Die Firma ist so gesund, wie ich es gerne sein würde.«

»Das ist ja sehr bemerkenswert.« Das war ja ein riesiges Geflecht an Angeboten. Die Firma war gut aufgestellt. Es gab aber etliche Familienmitglieder, da waren sicherlich Zwistigkeiten vorprogrammiert. Wo sollte ich da anfangen, nach dem Täter zu suchen? »Weißt du auch, wann genau dies passiert ist? Ich meine den Todeszeitpunkt?«

»Vorgestern Abend zwischen zehn und elf Uhr. Da war die Jubiläumsfeier doch schon vorbei, oder?«

»Als ich los bin, begann gerade der allgemeine Aufbruch. Das war so gegen neun oder kurz davor. Ralf kam noch auf mich zu und bat um ein Gespräch.«

»Weshalb?«

»Das hat er nicht gesagt, aber ich glaube, es war dringend. Wir waren für gestern Vormittag um zehn in seinem Büro verabredet.«

»Und er hat nichts angedeutet?«

»Gesagt hat er nichts, aber ich konnte kurz vorher beobachten, wie er sich mit seinem Bruder Immo gestritten und ihm einen Zettel oder Blatt Papier gegeben hat. Vielleicht hatte es damit etwas zu tun.«

Bertus schwieg einen Moment. »Das ist sicherlich eine wichtige Information«, meinte er dann, »ich werde das an Kurt weitergeben, man wird dich dazu bestimmt noch eingehender befragen.«

»Ja, das muss sicherlich so sein, obwohl ich doch überhaupt nicht viel weiß.«

So eine Befragung war mir eigentlich gar nicht recht, denn ich wollte ja selbst tätig werden. Am Ende müsste ich noch beichten, wo ich überall gewesen bin und mit wem ich gesprochen hatte. Diese Art von Einmischung mochten die Ermittler aus Wittmund nämlich überhaupt nicht.

Bertus versprach mir, mich wie immer auf dem Laufenden zu halten, und legte auf. Anschließend reinigte ich mein Handy, das inzwischen so aussah, als hätte ich es einbalsamiert.

Selma war gerade dabei, ein Kuchenblech aus dem Ofen zu nehmen, als ich die Küche betrat. Es duftete herrlich nach Vanille.

»Warte mal«, sagte sie, schnitt ein Stück des noch warmen Kuchens ab und legte es vorsichtig auf einen Teller.

»Hier, versuch mal. Das Rezept ist mir heute Nacht eingefallen.« Abwartend, wie mein Urteil ausfallen würde, schob sie mir den Teller zu.

Es schmeckte wie immer sensationell. Wenn sich die weltbeste Kuchenbäckerin eine neue Köstlichkeit ausgedacht hatte, war das Ergebnis einfach unschlagbar.

Neben Vanille nahm ich noch einen Hauch Zimt wahr. »Der Kuchen schmeckt ausgezeichnet.« Sofort nahm ich noch einen Bissen. »Aber da ist noch was Besonderes.« Ich schloss kurz die Augen und versuchte, mich ganz auf den Geschmack zu konzentrieren »Ah, jetzt weiß ich, was es ist. Hast du die Rosinen in Sanddornlikör eingelegt?«

Selma nickte und zog mit einer schnellen Bewegung ihren Büstenhalterträger nach oben. »Das Scheißding ist so ausgeleiert wie ein altes Nudelsieb. Ich muss unbedingt nach Emden, einen Neuen kaufen.«

»Gibt es hier keine Büstenhalter?« Ich deutete mit einer Kopfbewegung auf ihre ausgeprägte Oberweite. »Extra deshalb bis Emden fahren, ist doch so umständlich.«

Sie grinste. »Fridjof meinte vor ein paar Tagen, der Laden in Emden wäre ein Fachgeschäft für Zirkuszelte, wegen der Größe.« Sie holte eine Schüssel aus dem Schrank. »Kann man nix machen. Wer den Schaden hat …« Sie schmetterte die ersten Zeilen eines uralten Schlagers und machte ein paar Tanzschritte. »Da biste platt, wie gelenkig ich noch bin.«

Genau das liebte ich an Selma: Egal was war, sie hatte immer gute Laune und verzagte nie.

Leevke war dabei, die Tische herzurichten, denn die ersten Gäste würden sicherlich bereits in einer halben Stunde eintrudeln.

»Moin Emely, alles klar?« Sie grinste von einem Ohr zum anderen. »Was meinst du, könnte ich heute eine Stunde früher Schluss machen? Mein Freund hat mich ins Kino nach Oldenburg eingeladen und der Film beginnt schon ziemlich früh.«

»Kein Problem Leevke. Ich kann mich immer auf dich verlassen. Jetzt bist du mal dran. Geh nur, aber ich müsste heute Vormittag noch was besorgen«, sagte ich und ging ihr schnell zur Hand. »Es dauert nicht lange. Kommst du zurecht?«

Die junge Frau lächelte verständnisvoll. »Klar Emely, ich weiß ja, dass du noch eine Nebenbeschäftigung hast.«

»Danke, du bist ein Schatz.«

Zwei Stunden später, ich hatte noch schnell ein paar Überweisungen getätigt, war ich mit meinem

Bulli auf dem Weg zur Firma des Toten. Normalerweise war ja Fahrradwetter, aber ich drängte mein schlechtes Gewissen erfolgreich zur Seite. Ich redete mir ein, dass ich doch noch mal in der Gärtnerei vorbeischauen könnte, um zwei Topfblumen für unsere Fensterbank zu kaufen.

Kein Mensch war zu sehen, als ich auf das Firmengelände fuhr. Ich stellte mein Auto auf einem der Besucherparkplätze ab und begab mich auf die Suche nach Ava Terveers Büro. Die Sekretärin erschien mir im Moment die geeignetste Person, der ich ein paar Informationen entlocken konnte.

Direkt unten im Erdgeschoss wies ein Schild auf das Direktionsbüro der beiden Chefs im Seitenflur hin. Hier war ich richtig. Auf mein dezentes Klopfen ertönte eine dünne Stimme, die »*Ja bitte*« säuselte. Entschlossen drückte ich die Türklinke runter.

Ava Terveer saß mit verheulten Augen hinter ihrem Schreibtisch. »Ach du bist es, Emely. Ich dachte schon, Rieke wäre noch mal zurückgekommen.«

»Ralfs Frau? Wie geht es ihr?« Unaufgefordert setzte ich mich auf den Besucherstuhl. »Eine schreckliche Sache.«

»Das kannst du laut sagen, alles ist durcheinander«, schniefte die Sekretärin. Sie nahm einen Taschenspiegel aus ihrer knallpinken Tasche und zog sich die Lippen nach. Gebannt sah ich ihr zu, wie sie ihren Mund zu einem breiten Grinsen verzog und mit dem hellrosa Schminkstift vorsichtig ihre Lippen bemalte.

»Man muss ja was auf sich halten«, verkündete sie und verstaute ihre Schönheitsutensilien. »Was kann ich denn für dich tun?«

Zum Glück hatte ich mir schon einen harmlosen Grund zurechtgelegt. »Vorgestern habe ich meinen Schal liegenlassen.«

»Wo denn?«

»In der Werkshalle, wo die Feier stattgefunden hat.«

»Bis jetzt hat hier niemand was abgegeben.« Sie zuckte mit den Schultern. »Kein Wunder, dass es hier nicht rund läuft, alle sind irgendwie durch den Wind.«

»Das ist ja nachvollziehbar«, meinte ich und hoffte, dass sie von sich aus weiterplaudern würde, ohne dass ich Fragen stellen musste. Sie tat mir den Gefallen.

»Die sitzen jetzt alle oben im Konferenzsaal. Ralfs Witwe Rieke und Immo mit seiner Frau Gesa.« Sie senkte die Stimme, als würde sie mir jetzt das Geheimnis verraten, wie ich ohne große Mühe in den Tresor unserer Bank hereinkommen würde. »Sogar Renate ist da.« Sie nickte vielsagend. »Sie ist gestern Morgen hier angekommen.«

»Ist Renate oft hier bei ihrer Familie? Sie hat sicherlich viel mit ihrer Schreiberei um die Ohren.«

Mir gefiel es, dass Ava so redselig war.

»Früher war das öfter der Fall. Vom Harz bis Neuharlingersiel ist es ja keine Weltreise, aber seit sie zu den Spitzen-Autoren zählt, kommt sie kaum noch her.« Ava schürzte die Lippen. »Sie ist ja jetzt berüüüühmt.« Sie zog das ü genüsslich in die Länge. »Renate war ja schon immer ein bisschen arrogant, aber jetzt ist sie direkt abgehoben und total eingebildet. Sie war sogar schon mal in einer Talkshow. Ich habe mir das angesehen. Die hatte ein Kleid an …« Sie blickte mit verdrehten Augen zur Decke. »Das war so scheußlich, dass man gar nicht hingucken konnte. Vorne mit so einem Gedöns dran… also so Schlapperbänder, die ordentlich drapiert über ihrem Busen lagen. Aber vielleicht will sie sich nur selbst gruseln und in Stimmung kommen, wegen ihrer Leichen in den Büchern.«

»Meinst du das ernsthaft?« Das konnte ich mir nur schwerlich vorstellen. »Dann müsste ja eine Autorin von Liebesromanen den ganzen Tag mit Blütenkränzen und ausgeschnittenen Herzchen herumlaufen.«

An ihrem Gesichtsausdruck konnte ich sehen, dass sie zwischen *beleidigt* und *amüsiert* hin und her schwankte.

»Du bist echt gut, Emely«, lachte sie schließlich und fuhr sich verlegen durch ihre Haare.

»Sag mal, Ava, vorgestern habe ich gesehen, dass

sich Immo und Ralf während der Feierlichkeiten gestritten haben. Weißt du, um was es da ging? Es wirkte ziemlich heftig.«

Ihr Gesicht wurde innerhalb einer Sekunde dunkelrot. Hatte ich da einen wunden Punkt berührt?

»Du musst entschuldigen«, presste sie zwischen ihren zusammengebissenen Lippen hervor. »Ich habe unendlich viel zu tun. Immo will bis morgen …«

Ein heftiges Klopfen an der Tür unterbrach sie. Ehe Ava reagieren konnte, stürmte eine Frau herein und schob die Tür mit einer heftigen Bewegung hinter sich zu.

»Frau Doktor Blomberg«, rief die Sekretärin überrascht, »haben Sie einen Termin?«

Die elegant gekleidete Frau trug Highheels mit Schlangenmuster und Absätzen so scharf wie eine Rasierklinge, für die man sicherlich einen Waffenschein benötigte. Ich fragte mich, wie man nur auf solchen Stelzen laufen konnte. Ich wäre sicherlich noch nicht mal in der Lage, mit den Dingern auf dem Klo zu sitzen, ohne umzukippen.

»Frau Terveer, ich habe einen Termin mit Immo van der Pütten und dem Rest der Familie«, erklärte sie und richtete ihren akkurat sitzenden Blusenkragen. »Wie Ihnen ja hinreichend bekannt ist, bin ich die Anwältin der Familie und der Firma.«

Frau Doktor Blomberg hatte mich bis jetzt mit

keinem Blick bedacht. Ungeduldig klopfte sie mit ihrer rechten Fußspitze rhythmisch auf den Boden.

Ava wurde wieder rot. »Ach ja, verzeihen Sie, ich bin aber auch blö… durcheinander. Die Herrschaften sind oben im Konferenzraum und erwarten Sie.«

Die Anwältin nickte kaum merkbar und verließ den Raum.

»Puh …«, stöhnte Ava und ließ sich zurückfallen, »jetzt geht es los Emely, jetzt geht es los.«

»Was meinst du?«

Ehe Ava antworten konnte, erschien die Anwältin wieder auf der Bildfläche. »Im großen oder kleinen Konferenzraum?«

»Im kleinen«, stotterte die Sekretärin.

»Und der ist wo genau?« Frau Blombergs Stimme klang eisig. »Ich hatte noch nicht das Vergnügen.«

»Warten Sie. Ich zeige es Ihnen.« Ava sprang auf und folgte der Frau in den Flur. Nach ein paar Sekunden kam Ava zurück.

»Er ist weg.«

»Wer?«

Sie deutete zur Tür. »Der Kerzenleuchter, der immer auf dem Regal stand, er ist weg.«

»Bist du sicher?«

Ava nickte. »Letzte Woche war er noch da. Das ist so ein altmodisches schweres Ding aus Urzeiten. Wenn du mich fragst, war der ziemlich hässlich. Das

Silber war schon ganz schwarz angelaufen.«

»Dann hat ihn sicherlich keiner wegen seiner Schönheit geklaut. Du musst bei der Polizei Bescheid sagen«, empfahl ich, »denn das könnte durchaus die Tatwaffe gewesen sein.«

5

»Mama, ganz ehrlich, soll ich wirklich mit dem ollen Pulli in die Schule gehen? Guck mal hier am Ärmel … Ich brauche unbedingt was Neues.« Meine Tochter Annalotta stand vor mir, die Hände in die Hüften gestemmt und sah mich abwartend an. »Weißt du, wie lange ich das Teil schon habe?«

»Willst du, dass ich mitkomme – ich meine zum Shoppen?« Zu dieser frühen Uhrzeit war ich noch nicht aufnahmefähig, obwohl ich schon einen Pott Kaffee intus hatte. »Oder ich gebe dir einfach Geld.« Ich hasste shoppen, zumindest, wenn es um mich ging. Die vielsagenden Blicke der Verkäuferinnen auf meine wohlgerundete Figur waren mir immer noch ein Dorn im Auge.

»Das ist das Beste«, befand meine Tochter und steckte den Geldschein, den ich aus meinem Portemonnaie genommen hatte, in die Tasche ihrer Jeans und setzte sich wieder an den Küchentisch.

In der vergangenen Nacht hatte ich mehr als schlecht geschlafen. Ich hatte von großen Landhäusern geträumt, die überall mit Goldtapeten und silbernen Möbeln ausgestattet waren. Zwischendurch war ich immer wieder aufgewacht und hatte an den stets so freundlichen Ralf gedacht, den man wahrscheinlich mit so einem Leuchter aus Silber erschlagen hatte.

Mein Sohn Wilko stand plötzlich im Schlafanzug in der Küche. »Ich bin krank.« Er legte die flache Hand auf seine Stirn. »Mindestens vierzig Fieber«, diagnostizierte er, »ich muss wieder ins Bett.«

»Der hat bestimmt die berühmte Männergrippe«, stichelte meine Tochter. »Kennt man ja.«

»Halt doch einfach die Klappe!« Er bedachte seine Schwester mit einem finsteren Blick.

»Warte mal.« Prüfend legte ich meine Hand in seine Halsbeuge. »Also hohes Fieber ist das nicht«, stellte ich fest und löste ihm eine Aspirin auf. Er stürzte den Inhalt des Glases mit todesverachtender Miene herunter. »Ich gehe wieder ins Bett«, murmelte er und schlich davon.

»Meinst du, der hat echt was?«, meinte Annalotta und sah ihrem Bruder nach.

»Ich weiß es nicht, aber Wilko ist eigentlich ja kein Mensch, der sich einfach vor etwas drückt.« Ich kannte meinen Sohn, eine Krankheit hatte er noch nie markiert, noch nicht mal vor Klassenarbeiten.

Schnell warf ich einen Blick in die Ostfriesen-Zeitung. Die Preise für die Inselfähren sollten ab nächstes Jahr erhöht werden. Zwischen den Zeitungsblättern fand ich einen Prospekt, in dem Models mit überschlanken Figuren die neueste Bademode präsentieren.

Annalotta sah mir über die Schulter. »Wer kauft sich denn jetzt Ende September einen Badeanzug? Ist doch viel zu kalt.«

»Es gibt schließlich auch Hallenbäder.« Ich blätterte weiter. »Das wäre was für Roswitha«, grinste ich und hielt meiner Tochter den Prospekt hin. Meine Freundin Roswitha, Hausdame im Hotel Deichhuske hier im Ort, war genauso klapperdürr wie diese Damen, aber doppelt so alt.

»Du bist fies«, ermahnte Annalotta mich und stand auf. »Es hat geklingelt.«

Ich hörte, wie die Tür geöffnet wurde, dann Stimmengemurmel und meinen Namen.

»Moin.« Der Mann, der jetzt in meiner Küchentür stand, war jung und groß. Sein etwas älterer Kollege stand stumm hinter ihm. »Kommissar Hellbrand, Wittmund. Sind Sie Frau Emely Petersen?«

Wortlos nickte ich.

»Wir ermitteln in dem Fall van der Pütten. Sie waren bei der Firmenfeier vor drei Tagen anwesend?«

»Ja, das stimmt.« Es fühlte sich auf einmal komisch an, so befragt zu werden. Ich kam mir direkt schuldig vor.

»Und Sie haben von dem Streit zwischen Ralf

und Immo van der Pütten etwas mitbekommen?«

Ich nickte. »Die beiden haben sich gestritten, ja, das ist richtig.«

»Konnten Sie hören, was gesprochen wurde?«

»Nein, ich war viel zu weit weg.«

Der Kommissar musterte mich mit einem strengen Blick. »Woher wollen Sie wissen, dass diese beiden Männer eine Auseinandersetzung hatten?«

»Anhand der Mimik und Gestik konnte ich das erkennen.« Der Mann war mir so unsympathisch wie drei Tage Bauchweh.

»Und Sie sollen … Moment.« Umständlich hantierte er mit seinem Notizblock. »Sie haben mitbekommen, dass Ralf van der Pütten seinem Bruder einen Zettel oder Blatt Papier gegeben hat.«

»Ja, das ist richtig. Für mich sah es wie ein Blatt Papier aus. Aber das könnte Ihnen Immo sicherlich genauer erklären.«

Er wischte sich mit der Hand über die Nase und zog diese sehr unappetitlich hoch. »Tja, das ist nicht so einfach, denn er, ich meine Immo van der Pütten, behauptet, nichts dergleichen von seinem Bruder erhalten zu haben.«

Ich musste ziemlich dumm aus der Wäsche geschaut haben, denn der Mann hinter dem Kommissar grinste von einem Ohr zum anderen.

»Was soll ich dazu sagen? So wie ich es eben erzählte, habe ich es gesehen«, entgegnete ich ziemlich genervt. »Mehr kann ich Ihnen nicht sagen.«

»Kannten Sie ihn persönlich?«

»Wen?« Jetzt stand ich vollkommen auf der Leitung.

»Das Opfer, kannten Sie ihn persönlich?«

Ich nickte. »Wir hatten geschäftlich miteinander zu tun, privat weniger.«

»Gut«, seufzte Hellbrand. »Das war es erst einmal.« Er bedachte mich noch mit einem kurzen Blick und verließ samt seinem grinsenden Kollegen meine Wohnung.

»Was war das denn?« Annalotta hatte dem Gespräch schweigend gefolgt. »Bist du irgendwie verdächtig?«

»Nein, auf keinen Fall, aber Bertus hat das wohl weitergegeben.«

Ein Blick auf die Küchenuhr sagte mir, dass es Zeit war, mit der Arbeit zu beginnen. Die Dusche ließ ich ausfallen und begnügte mich mit einer Katzenwäsche.

Teelse war gerade dabei, eine kaputte Glühbirne an einer der Tischleuchten auszutauschen. »Moin Emely, und, hast du ihn?«

»Wen?« Irgendwie funktionierte mein Gehirn heute nicht so richtig.

»Na den Kerl, der Ralf das Licht ausgeblasen hat.« Erschrocken hielt sie sich den Mund zu. »Entschuldige bitte, aber ich habe mir gestern ein Buch aus der Bibliothek geholt. Das ist eine Krimikomödie, da haben sie das so gesagt.«

»Schon gut, aber ich habe noch nichts herausbekommen.«

»Übrigens habe ich Gesa dort getroffen.«

»Gesa? Welche Gesa?«

»Die Frau von Immo, sie arbeitet doch ehrenamtlich da, dreimal die Woche. Sie meint, als Unternehmergattin müsste sie mit gutem Beispiel vorangehen und etwas für die Allgemeinheit tun.«

»Dreimal die Woche? Also morgen wieder?« Das war doch ein guter Anknüpfungspunkt, um in der Sache weiterzukommen.

»Ja, morgen wieder.«

Am späten Vormittag schneiten Harm und Sigi herein, um ihren Kaffee zu trinken. Hin und wieder gelang es mir bei solchen Gelegenheiten, den beiden Ordnungshütern die eine oder andere Information zu entlocken.

Heute würde das sicher schwierig werden, denn beide machten ein miesepetriges Gesicht. Sie zogen die Stühle unter dem Tisch hervor und setzten sich. Sigi zwirbelte eine seiner blondierten Haarsträhnen um den Zeigefinger, Harm starrte auf sein Smartphone.

»Moin, die Herren. Kaffee wie immer?«, fragte ich freundlich, als sie am Tisch saßen.

»Klar«, brummte Harm, »aber mit viel Zucker. Ich brauche Nervennahrung.«

»Du versenkst doch immer eine Handvoll Würfelzucker in deinem Kaffee. Dir werden früher oder später sowieso alle Zähne rausfallen«, stänkerte sein Kollege Sigi. Er war wie immer glattrasiert und sorgfältig frisiert. Harm hatte mir mal im Vertrauen erzählt, dass Sigurd Monsmann jeden Morgen eine Stunde im Bad verbrachte, um sich für den Tag zu stylen.

»Und wieso guckt ihr so komisch?«, wollte ich wissen, als ich die beiden Kaffeetassen vor sie hingestellt hatte.

»Der Hellbrand ist ein Idiot«, grummelte Harm. »Zum Glück ist er nur vorübergehend in Wittmund.«

»Ich hatte das Vergnügen, den Herrn heute Morgen kennenzulernen«, erzählte ich und setzte mich ebenfalls an den Tisch.

»Und was wollte der von dir?« Harm schob sein Telefon in die Jackentasche.

»Er hat nachgefragt, was ich am Abend der Feier in der Firma gesehen habe.«

»Und was hast du gesehen?«

»Eigentlich nur, dass sich die beiden Brüder gestritten haben und Ralf Immo einen Zettel gegeben hat, aber euer Chef war mit dieser Auskunft nicht zufrieden.«

Harm verteilte den Würfelzucker mithilfe des Kaffeelöffels und einem bedächtigen Rühren in dem sicherlich nicht mehr heißen Kaffee. »Ein komischer Kauz ist das.«

»Der ist wirklich eigenwillig«, pflichtete Sigi seinem Kollegen bei. »Wir sollen nämlich ab heute alles aufschreiben, was wir tagsüber so machen. So mit Uhrzeit und so.«

»Er hat doch bestimmt einen Grund dafür, oder?«, vermutete ich.

Mit spitzen Lippen trank Harm einen Schluck des süßen Gebräus. »Wahrscheinlich, weil zwei Kollegen sich vor ein paar Tagen lieber im Park oder sonst wo rumgetrieben haben und nicht ordnungsgemäß auf Streife waren.«

»Dann ist es aus mit der Kaffeepause bei dir, Emely.« Sigi leckte sich über seine Lippen.

»Quatsch«, winkte Harm ab, »den Hellbrand können wir doch bescheißen, so weit kommt's noch.«

»Aber ihr habt doch jetzt viel zu tun? Ich meine die aktuellen Ereignisse mit Ralf und so.«

»Gut, dass du das erwähnst. Heute Morgen haben sie die Tatwaffe gefunden«, informierte mich Harm, ungewohnt redselig. »So einen ollen Kerzenleuchter, er lag in einem Graben am Rande des Firmengeländes.«

»Das ist ja interessant«, sagte ich. »Hat man Fingerabdrücke auf dem Leuchter gefunden?«

»Nein, keine verwertbaren.« Harm schüttelte mit dem Kopf. »Soviel ich weiß, war das Ding übersät mit Abdrücken. Den haben bestimmt eine Menge Menschen angefasst.«

»Genau wie bei der Truhe, in der man Ralf gefunden hat.« Ich war enttäuscht.

»Jetzt ist es aber gut, Harm. Ermittlungsergebnisse gehen niemanden was an.« Sigi zog entrüstet seine Augenbrauen hoch. »Wenn das der Hellmann erfährt.«

»Der kann mich mal gepflegt am … ihr wisst schon.« Betont gelassen hob Harm seine Kaffeetasse hoch und sah uns grinsend an.

6

»Du trinkst zu wenig«, fauchte Netti ihren Ehemann an, der am Küchentisch saß und den Redeschwall seiner Gattin mit unbeweglicher Miene über sich ergehen ließ.

»Du weißt genau, dass man im Alter viel trinken soll«, setzte sie ihren Vortrag fort. »Der Körper muss ordentlich durchgespült werden.«

Ich stand abwartend in der Küchentür, ein Kuchenpaket in der Hand und hörte den beiden amüsiert zu.

»Du vergisst«, begann Horst und deutete auf seine Teetasse auf dem Tisch, »dass ich im Jahr mindestens dreihundert Liter Tee trinke, das sollte für die perfekte Funktionalität meines Körpers genügen.«

Netti stemmte die Hände in ihre Hüften. »Und wie bitte kommst du auf diese abstruse Zahl? Das wäre ja mehr als eine Badewanne voll.«

»Das ist doch allgemein bekannt«, schaltete ich mich jetzt ein, »dass ein Ostfriese im Jahr durchschnittlich dreihundert Liter Tee trinkt.« Ich stellte das Kuchenpaket auf der Anrichte ab. »Hier, das hat mir Selma für euch mitgegeben. Deichkuchen und Friesenstrudel.«

»Wobei wir beim Thema wären«, stänkerte Netti weiter, »das mit dem Zucker ist auch so eine Sache.«

»Jetzt hör aber auf«, polterte Horst und zog einen Stuhl unter dem Tisch hervor. »Mach uns lieber frischen Tee, und du Emely, setz dich erst mal hin. Es wäre doch schade, wenn der Kuchen nicht frisch gegessen würde.«

»Gute Idee«, pflichtete ich ihm bei. Ich hatte zwar gerade erst gefrühstückt, aber mit einer Köstlichkeit aus Selmas Küche konnte der Tag nur besser werden.

Netti gab sich geschlagen und deckte den Tisch.

»Alle reden nur von dem Mord an Ralf«, ging Netti schließlich zur Tagesordnung über. »Ganz Neuharlingersiel kennt kein anderes Thema.«

»Das kann ich mir vorstellen«, meinte ich, »schließlich ist die Familie van der Pütten jedem hier im Ort bekannt.«

»Die sind ja alle überkandidelt«, fasste Horst die Meinung der Bewohner von Neuharlingersiel zusammen. »Allein die protzige Villa auf dem Firmengelände …«

»Nicht alle«, schränkte Netti ein, »Rieke war bis jetzt immer zu allen freundlich, die Arme. Jetzt ist sie verwitwet, ihre Schwägerin dagegen ist eine doofe Nuss.«

»Meinst du Gesa?«, hakte ich nach.

Netti nickte. »Die tut immer so vornehm.« Sie spreizte den kleinen Finger ab und führte mit einer eleganten Bewegung die Kuchengabel zum Mund. »Ich kenne sie schon länger, es wird immer schlimmer.«

»Gerne würde ich mich mal mit ihr unterhalten«, überlegte ich laut, »sie kann bestimmt etwas über die Unternehmerfamilie erzählen.«

»Wenn es nur das ist«, meinte meine Schwiegermutter, »heute Nachmittag ist sie wieder in der Bibliothek. Wenn du willst, gehe ich mit dir hin. Gesa ist eine Plaudertasche. Vielleicht tratscht sie ein wenig mit uns über dies und das.«

»Das ist allerdings eine gute Idee«, freute ich mich. »Wenn du Zeit hast, komm einfach rüber.«

Kaum hatte ich mein Büro betreten, als Roswitha anrief. »Man kann euch aber auch nicht alleine lassen«, sagte sie in gespielter Empörung. »Kaum ist man ein paar Tage verreist, gibt es Tote.«

»Bis jetzt ist es nur einer«, berichtigte ich sie. »Ich dachte nicht, dass du schon wieder aus dem Urlaub zurück bist.«

»Gestern Abend. Wir hatten nur Regen und meine Cousine hat mich derart genervt mit ihren Geschichten über ihre Hüftoperation – da wollte ich nur noch weg. Und heute Morgen haben mir die Kollegen alles brühwarm erzählt.« Sie schniefte dezent.

»Erkältet habe ich mich auch. Wusstest du, dass Ralfs Schwester hier bei uns im Hotel wohnt?«

»Renate?«

»Ja, genau die.«

»Nein, das wusste ich nicht. Aber wieso wohnt sie im Hotel? Die Familie hat doch ein großes Haus.«

»Ich glaube, die hatten Knatsch. Renate ist aber auch eine sehr anstrengende Person«, erzählte Roswitha weiter. »Sie sitzt in der Halle und signiert ihre Krimis. Ich kann mir gar nicht vorstellen, dass diese Frau so viel Fantasie hat.«

»Wie sieht sie denn aus? Ich habe sie das letzte Mal gesehen, da war sie noch eine ganz junge Frau.«

»Sie trägt derbe Schuhe und Strickjacken mit Zopfmuster. Meiner Kollegin hat sie erzählt, dass sie in ihrem Haus im Harz keine Heizung hat und deshalb immer Holz hacken muss. Ihre Schultern sind so breit wie die eines Preisboxers. Aber du müsstest ihr Auto sehen! Passt überhaupt nicht zu ihr.«

»Wieso?«

Roswitha lachte. »So ein oller Bus mit orangenen Gardinen. Wenn man da aussteigen will, braucht man sicherlich eine helfende Hand, um das zu schaffen. Die Frau ist eben ein wenig exzentrisch.«

»Sie wird ja noch eine Weile hierbleiben«, vermutete ich. »Sobald es geht, komme ich mal vorbei. Ich bin neugierig, was aus Renate geworden ist.«

»Aha, wusste ich es doch«, feixte Roswitha, »Frau Petersen ist wieder mal auf Spurensuche.«

»Also, wie du das immer sagst …« Natürlich hatte sie ins Schwarze getroffen.

»Ruf mich bloß vorher an, wenn du kommst, damit ich dann meine Pause mache.«

Ich versprach es und legte auf.

Am Nachmittag machten Netti und ich uns auf den Weg in die örtliche Bibliothek, die sich im ›Haus des Gastes‹ im Sielhof befand.

Die hohen Bücherregale dämpften die Geräusche, die eigentlich gar nicht da waren, denn alle liefen wie auf Zehenspitzen und schweigend umher.

»Dahinten ist sie«, flüsterte Netti mir zu. »Komm mit …«

Ehe ich Einspruch erheben konnte, hatte sie mich schon am Arm gepackt und zu Gesa geschleift, die gerade dabei war, zurückgegebene Bücher wieder einzusortieren.

»Moin Gesa«, flüsterte Netti, »ich war schon lange nicht mehr hier.«

Gesas Blick wanderte zu mir und murmelte ein leises »Moin«.

»Ach ja, das ist meine Schwiegertochter Emely. Sie hat das Café Kluntje am Hafen.«

Jetzt lächelte Gesa. »Ja, das kenne ich. Wir kennen uns vom Sehen.«

»Ja stimmt«, bestätigte ich, »wie könnte man in so einem kleinen Ort wie Neuharlingersiel eine Einheimische nicht kennen.« Ich hätte Gesa nicht erkannt, auf dem Firmenjubiläum war sie mir nicht aufgefallen. War sie überhaupt da gewesen?

»Wie dem auch sei«, stieß Gesa hervor und sah sich um, »kommt, wir gehen in die Teeküche, hier kann man ja kein Wort reden.«

Bereitwillig folgten wir ihr in einen kleinen Nebenraum mit einer Pantryküche. »Setzt euch doch. Kann ich euch was anbieten? Wasser oder so?« Sie deutete auf die Kaffeemaschine. »Der Strom geht nicht, Ralf hatte versprochen vorbeizukommen, aber …«

Sie nahm drei Gläser aus dem Schrank und goss uns Mineralwasser ein.

»Und wie geht's euch?«, wollte Netti wissen. »Es ist sicherlich auch für Immo schwer.«

Gesas Gesicht wurde starr. »Immo ist der Letzte, um den ich mir Gedanken mache.«

»Er war doch gemeinsam mit seinem Bruder Ralf Geschäftsführer der Firma«, sagte ich. »Das ist jetzt sicher schwer für ihn, oder?«

»Was heißt schon schwer. Wenn ihr mich fragt, waren sich die beiden schon lange nicht mehr grün.« Gesa ballte die Hand zur Faust. »Der eine hat so gesagt und dann hat der andere wieder alles umgeworfen. Sogar abends nach Feierabend haben die sich am Telefon noch gefetzt. Obwohl …« Sie ließ den Satz unvollendet.

»Obwohl was?« Netti sah mich kurz an und nickte unmerklich. »Jetzt sag schon, was du meinst.«

»Nach meiner Meinung war Ralf der bessere Geschäftsmann. Immo hat nicht den nötigen Instinkt, außerdem kann er nicht mit Leuten umgehen. Er kann recht uncharmant sein.« Sie lachte bitter auf. »Nur bei den Weibern, da kann er säuseln und balzen wie ein Auerhahn. Und zwar so lange und ausgiebig, bis er das bekommen hat, was er will.«

»Du meinst, er geht fremd?«, fragte Netti irritiert nach.

»Darauf kannst du wetten«, bekräftigte Immos Frau. »Ihn interessiert nur die Jagd. Sobald er die Beute erlegt hat, geht alles wieder von vorne los.«

Erstaunt stellte ich fest, dass sie das alles mit ungerührter Miene erzählte. »Aber das ist doch schlimm!«, sagte ich leicht irritiert. Beim besten Willen konnte ich mir nicht vorstellen, mit so einem Mann zusammenzuleben.

Als ob sie meine Gedanken gehört hätte, sprach Gesa weiter: »Das kann sich sicherlich niemand vorstellen, wie das Leben an der Seite eines solchen Mannes ist. Vielleicht lasse ich mich auch endlich scheiden, aber dann würde ich alle Privilegien verlieren.«

»Was für Privilegien?«, wollte Netti wissen.

»Na ja, die schöne Wohnung in der Villa, das Geld für Kosmetik und Schmuck.« Jetzt wirkte sie arrogant. »Ihr habt ja keine Ahnung, was es kostet, die Frau eines Unternehmers zu sein. Dementsprechend muss ich ja meine Outfits zu den jeweiligen Gegebenheiten anpassen.«

Ich sah an mir herunter. Jeans, T-Shirt und bequeme Schuhe. Das war *mein* tägliches Unternehmerinnen-Outfit.

Wie wahrscheinlich war es, dass Immo etwas mit dem Tod seines Bruders zu tun hatte? Immerhin war er jetzt der alleinige Geschäftsführer und konnte schalten und walten wie er wollte. Das wäre nicht das erste Mal, dass das Streben nach Macht ein Mordmotiv gewesen ist.

7

»Wenn man viel Geld hat, lebt man auch nicht besser«, verkündete Hedwig, als sie am nächsten Tag wieder mit ihren Freundinnen im Café Kluntje saß.

»Da irrst du dich aber, meine Liebe«, flötete die stets perfekt gestylte Franziska. »Was glaubst du, wie das tägliche Aufmotzen ins Geld geht, von der Zeit will ich gar nicht reden.«

Geduldig stand ich am Tisch der Teeschwestern und wartete darauf, dass sie mir ihre Bestellungen mitteilten.

Hedwig verzog unwillig den Mund. »Alles, was man zur Körperpflege braucht, sind doch Wasser und Seife. Und wenn du es ganz gut machen willst, lässt du deiner Haut etwas Fett zukommen.«

»Da wäre ja Margarine am billigsten«, warf Netti dazwischen und konnte sich kaum das Lachen verbeißen.

Franziska drapierte ihren leichten Chiffonschal neu. »Gute Kosmetik kostet eben«, entgegnete sie mit ernsthafter Miene. »Wenn du Margarine nimmst, wirst du ganz schnell ranzig.«

Ich glaubte nicht, dass Hedwig das mit der Margarine ernst gemeint hatte, aber ich wusste, dass ihr Franziskas vornehmes Getue auf die Nerven ging.

»Also, was ist?«, fragte ich nach. »Tee wie immer?«

»Klar, wie immer«, antwortete Tabea. Sie hatte bis jetzt ihren Freundinnen wortlos zugehört und nur zwischendurch den Kopf geschüttelt. »Und für mich noch ein Stück Schokoladenkuchen.«

»Ich nehme heute mal Ostfriesentorte«, bestellte Hedwig.

»Nehme ich auch«, schloss sich Netti an.

Ich sah Franziska an. »Und du?«

»Ich nehme nur Tee.« Sie strich sich über ihre Hüften. »Ich muss mich etwas zügeln, also was die Kalorien angeht.«

»Du spinnst doch«, behauptete Netti, »Essen ist der Sex im Alter.«

Franziska stieß einen unwilligen Laut aus.

»Euer Tee kommt gleich«, versprach ich und bereitete das Tablett für das Quartett vor. Als ich Tee und Torte servierte, bekam ich noch mit, dass sich die Freundinnen darüber aufregten, dass man in Fernsehen jetzt Werbung für Damenhygieneartikel machte, in dem die Hauptdarstellerin auf dem Klo saß und den Artikel aus saugfähigem Material anpries.

»Wie eklig«, kommentierte Hedwig und sah angewidert zur Decke. »Ich finde ja, das sind alles Dinge, die man für sich behalten sollte.«

»Bertus hat eben angerufen«, flüsterte Leevke mir zu, als sie plötzlich neben mir stand, »er konnte dich nicht auf dem Handy erreichen.«

»Oh danke.« Ich lief sofort in mein Büro, um schnellstmöglich den Ex-Kommissar zu kontaktieren. Vielleicht gab es ja etwas Neues.

»Freese«, meldete er sich. Im Hintergrund vernahm ich Stimmengewirr. Dementsprechend war die Verständigung schlecht.

»Emely hier, wo bist du denn? Es ist so laut.« Ich hätte mir am liebsten auf die Zunge gebissen, denn ich wollte auf keinen Fall, dass er dachte, ich wäre neugierig.

»In so einem Elektrofachmarkt, aber ich hau hier bald ab. Niemand da, der einem mal etwas erklärt.«

»Gibt es etwas Neues?«

»Hallo«, brüllte Bertus, »warten Sie bitte. Ich hätte da …«

»Bertus?«

»Entschuldigung Emely, ich dachte, der Verkäufer könnte mir kurz helfen, aber der war so schnell weg.«

»Du hattest angerufen?«

»Ja, aber ich kann dir weiter nichts erzählen. Die Kollegen sagen, dass niemand während der Firmenfeier etwas gehört oder gesehen hat, was den Todesfall betrifft.«

»Schade.« Ich war enttäuscht. »Und der Zettel, den Ralf van der Pütten seinem Bruder gegeben hat – ist der wieder aufgetaucht?«

»Nicht dass ich wüsste«, sagte Bertus leise. Die Hintergrundgeräusche waren weg. »Ich bin jetzt aus dem Laden raus. Also wie gesagt, ich kann dir nicht mehr erzählen.«

»Schade, aber danke, dass du dich gemeldet hast.«

Nach Beendigung des Gesprächs saß ich frustriert an meinem Schreibtisch. Wo könnte ich jetzt ansetzen? Ja, vielleicht war das eine Möglichkeit. Ich könnte Renate, die Schwester der beiden Geschäftsführer, aufsuchen. Sie hatte bestimmt etwas zu erzählen.

Ich schrieb Roswitha eine Textnachricht, dass ich im Begriff war, ins Hotel zu kommen, um die Autorin in Augenschein zu nehmen.

Prompt schrieb Roswitha zurück, ich möge doch in der nächsten halben Stunde eintreffen, da das Objekt meiner Begierde gerade eine spontane Lesung im Frühstücksraum abhalten würde.

Nachdem ich mit Leevke einige Dinge abgesprochen hatte, nahm ich mein Fahrrad und fuhr zum Hotel.

Roswitha erwartete mich in der Eingangshalle. »Komm, sie macht gleich Schluss.« Sie zog mich in den großen Raum mit den bodentiefen Fenstern, in dem die Hotelgäste normalerweise ihr Frühstück einnahmen. Ein Dutzend Zuhörer saßen an den Tischen und lauschten der Autorin, die mit einer türkisfarbenen Lesebrille auf der Nasenspitze und mit unheilschwangerer Stimme eine Stelle aus ihrem Krimi vortrug, in der das arme Opfer gerade in ein leeres Ölfass verfrachtet wurde.

Nach Beendigung des Vortrags applaudierten die Zuhörer, Renate van der Pütten verbeugte sich kurz und verließ das kleine Podium.

Sie kam direkt auf mich zu. Meiner Meinung nach hätte man anhand ihres Kleidungsstils keine gefeierte Autorin vermutet, sondern eher eine Landwirtin. Die dicke Tweedjacke war mindestens zwei Nummern zu groß und ließ die stämmige Frau noch breiter erscheinen.

»Renate, darf ich dir meine Freundin Emely Petersen vorstellen? Ihr kennt euch doch von früher.«

»Kann gut sein.« Mit einem dezenten Kopfnicken reichte mir die Autorin die Hand. »Ich habe einen ganz trockenen Hals.« Sie sah sich um. »Ob es noch Kaffee gibt?«

»Ich hole welchen«, beeilte sich, Roswitha zu sagen. »Für dich auch, Emely?«

Ich nickte zustimmend.

»Komm, setz dich doch zu mir«, forderte Renate mich auf. »Mir tut nach einer Lesung immer der Hals weh. Ich denke, das kommt von meiner Schilddrüsenoperation.« Prüfend fuhr sie mit der Hand über ihren Hals. »Ja, im Moment ist alles ein bisschen in Aufruhr.«

»Mein Beileid zum Tode deines Bruders«, sagte

ich. »Ich habe ihn noch beim Firmenjubiläum gesehen.«

Renate nickte. »Ja, ich war bedauerlicherweise verhindert und habe Ralf nicht mehr lebend gesehen. Ich bin zu meinem Bedauern erst am nächsten Tag in Neuharlingersiel eingetroffen.«

Roswitha kam mit dem Kaffee und setzte sich zu uns. »Auch wenn die Umstände nicht schön sind«, stellte sie fest und sah Renate an, »freue ich mich, dich mal wiederzusehen.«

»Ja, ich war lange nicht hier in meiner alten Heimat.« Mit spitzen Fingern zog die Autorin den Plastikdeckel von dem Milchdöschen und kippte den Inhalt in ihren Kaffee. Ihre Nägel sahen wirklich so aus, als hätte sie in den letzten vierundzwanzig Stunden in der Erde gewühlt.

»Was hast du denn noch vor?«, wollte Roswitha wissen. »Es gibt sicherlich in eurer Familie einiges zu klären.«

»Ja, es wird eine Testamentseröffnung geben, aber wir wissen ja alle, wie das in Bezug auf die Firma geregelt ist.«

»Es geht da sicher um die Geschäftsführung«, vermutete ich.

Renate nickte. »Das ist so geregelt, dass jetzt Immo der alleinige Geschäftsführer ist. So haben wir das früher mal in einer Versammlung beschlossen.«

Das ist ja interessant, dachte ich, somit ist jetzt der übriggebliebene Bruder der Einzige, der sagen kann, wo es in der Firma ›*Die Lichtmacher*‹ langgeht. Es ist also absolut im Bereich des Möglichen, dass Immo aus diesem Grund seinen Bruder erschlagen hat.

»Ich will meine Tante Tinka besuchen«, unterbrach Renate meine Gedanken, »sie ist schon alt und man weiß ja nie, wie lange man noch Gelegenheit dazu hat.«

»Das ist aber nett«, meinte die Hausdame des Hotels, »dass du deine alte Tante besuchen willst. Ist das eigentlich die Schwester deines Vaters?«

»Nein, meine Mutter und Tante Tinka waren Schwestern. Sie hat sich nach dem frühen Tod unserer Mutter um uns Kinder gekümmert und dafür gesorgt, dass die Familie nicht auseinanderbricht.«

Roswitha trank einen Schluck Kaffee. »Emely interessiert sich sehr für Familiengeschichten.«

Mit dem Ellenbogen stupste ich Roswitha an. Wie konnte sie nur so mit der Tür ins Haus fallen?

»Schreibst du auch?«, fragte Renate mich und schien sehr interessiert.

»Nein, eher nicht, aber ich beschäftige mich gerne mit den Belangen meiner Mitmenschen.« Am liebsten hätte ich mir selbst für diese elegante Formulierung auf die Schulter geklopft.

»Dann musst du Tante Tinka kennenlernen, die ist noch vom alten Schlag und kennt unsere Familie in- und auswendig.«

»Das würde ich gerne tun.« Ich war begeistert und hoffte, die alte Dame könnte mir mehr über den Familienclan und die Firma erzählen.

»Weißt du was?«, rief Renate völlig begeistert aus. »Ich hole dich morgen Nachmittag ab und dann fahren wir zu Tante Tinka.«

»Na geht doch«, raunte Roswitha und klopfte mir leicht auf die Schulter.

8

Am nächsten Morgen verschlief ich prompt. Noch lange hatte ich wachgelegen und alle Personen im Fall van der Pütten vor meinem geistigen Auge vorbeiziehen lassen. Krampfhaft hatte ich mich bemüht, den jeweiligen Charakter und mögliche Motive zu ergründen. Ohne zu einem befriedigenden Ergebnis zu kommen, schlief ich erst gegen Morgen ein.

Selma meckerte gerade lautstark über den Backofen, als ich ihre Küche betrat. Sie kniete vor dem Ofen. »Vielleicht ist ein Gasofen besser?«, überlegte sie mürrisch und zeigte auf einen ziemlich angekokelten Tortenboden.

Ich kniete mich neben sie und betrachtete die Vorderseite des Gerätes. »Die Zahlen kann man ja kaum noch lesen«, stellte ich nach einem prüfenden Blick fest. »Wie willst du wissen, welches die richtige Einstellung ist?«

Sie kniff die Augen zusammen und sah genau hin. »Eigentlich hatte ich das fast immer im Gefühl.«

»Und wo sind die Zahlen hin?«

Selma zuckte mit den Schultern. »Keine Ahnung, obwohl …«

»Obwohl was?«

»Es kann sein, dass ich zu heftig mit dem Scheuersand … da war nämlich was von der heißen Himbeersoße drüber gelaufen und richtig eingebrannt. Weißt du, wie hart Himbeersoße sein kann, wenn sie sich unwiderruflich mit dem Vorderteil des Ofens verbunden hat?«

»Ich rufe Tamme an, der soll eine neue Blende bringen«, versprach ich, »so geht das ja nicht.«

»Ja, mach mal«, stöhnte die Kuchenbäckerin und hielt mir die Hand hin. »Zieh mal.«

»Wo?«

»Mich hoch.« Sie griff meinen Arm und zog sich nach oben. »So, das wäre erledigt.« Sie griff sich eine Schüssel und kippte ein Päckchen Mehl rein. »Tamme soll schnell vorbeikommen, sonst werde ich noch verrückt.«

Unser Haus- und Hofhandwerker versprach, sofort zu kommen. Nachdem dies erledigt war, konnte ich mich zusammen mit Leevke um unsere Gäste kümmern. Eine Reisegruppe aus Nordrhein-Westfalen beehrte uns und schwärmte von ihrer Reise an die schöne Nordseeküste. Leevke weihte die Herrschaften in die Geheimnisse des Ostfriesentees ein und servierte zum Abschluss eine Runde Teelikör.

Pünktlich am Nachmittag betrat Renate das Café. »Emely, bist du soweit?« Sie lachte mich an. »Oder hast du noch zu tun?«

»Alles schon erledigt«, antwortete ich, »ich bin fertig.«

Die rustikale Autorin aus dem Harz fuhr ebenfalls einen Bulli, nur viel älter als mein VW-Bus.

»Der muss ja inzwischen ein Vermögen wert sein«, rief ich begeistert aus.

Sanft fuhr sie mit der flachen Hand über das Lenkrad. »Ja, ein Schätzchen. Bei uns im Ort ist ein Liebhaber alter VW-Busse. Der bringt meinen immer wieder zum Laufen.«

Sie ließ den Motor an, der schnurrte wie ein Kätzchen.

»Wo wohnt deine Tante Tinka denn?«

»Im Süderweg. Als Kinder waren wir die meiste Zeit dort. Unser Vater war immer in der Firma … du kannst dir das sicher vorstellen.«

»Sag mal, euer Bruder Jan, ist der auch schon hier eingetroffen?«

Renate schüttelte den Kopf. »Immo hat erzählt, dass er einige Monate im Ausland ist. Die drehen da irgendwas fürs Fernsehen.«

Der Motor rappelte verdächtig. »Wir sind da«, verkündete Renate. »Wir müssen da ins Eckhaus.«

Das Haus der Tante war fast vollständig mit Efeu zugewachsen. »Ich habe heute Morgen angerufen.

Die Pflegerin hat den Schlüssel unter die Matte gelegt. Tante Tinka ist schon über neunzig und nicht mehr so gut zu Fuß.«

Renate schloss die Tür auf und ließ mich eintreten. Alles in dem kleinen Haus war klein und eng.

»Renate, bist du das?« Die Stimme klang zittrig und schwach.

»Ja, wir sind es«, rief die Nichte der Hausbewohnerin laut. »Ich habe ihr gesagt«, flüsterte sie mir zu, »dass ich eine Bekannte mitbringe. Das ist ganz Tante Tinkas Ding. Sie unterhält sich gerne mit Menschen.«

Die alte Dame konnte man in dem geblümten Sessel fast übersehen. Ihre schmächtigen Hände ruhten auf den Sessellehnen, ihr Gesicht strahlte. Renate umarmte sie. Mir reichte sie ihre Hand.

»Tante Tinka, das ist Emely Petersen, eine Bekannte der Familie. Ich dachte, es wäre nett, wenn ihr euch kennenlernt. Das ist meine Tante Tinka Buskohl.«

»Das ist aber nett. Setzt euch bitte.« Sie war sichtlich erfreut über unseren Besuch. »Renate, kannst du das Tablett aus der Küche holen? Du musst den Tee nur noch aufgießen.«

Ungewohnt elegant erhob sich Renate und eilte in die Küche, um kurz darauf mit einem Tablett mit Tee und Keksen zurückzukehren.

»Ich freue mich, endlich mal jemanden zum Reden zu haben«, strahlte Tante Tinka. »Sie müssen wissen, in ein paar Tagen werde ich achtundneunzig.«

»Das ist ein stolzes Alter«, sagte ich bewundernd.

Renate war damit beschäftigt, ein kleines Kissen möglichst bequem hinter ihren Rücken zu platzieren. »Wenn ich länger sitze, werde ich ganz steif. Ich müsste mich mehr bewegen.«

»Ja, laufen würde ich auch gerne, aber die Beine.« Sie strich sich über ihre Oberschenkel. »Und Sie kommen hier aus Neuharlingersiel? Sie müssen entschuldigen, dass ich das frage, aber ich kenne nicht mehr viele Leute, da ich ja nicht mehr so viel unter Menschen komme.«

Ich nickte. »Ja, ich betreibe ein Café am Hafen.«

»Sagen Sie Frau Petersen, ich kannte mal eine Frau Petersen, die war aber etliche Jahre älter als Sie.«

»Sie meinen sicher meine Schwiegermutter Netti.«

Tante Tinka runzelte die Stirn. »Ich weiß nicht, ob sie Netti hieß, aber ist ja auch egal. Was macht sie denn?«

»Sie lebt mit ihrem zweiten Ehemann im Nebenhaus.«

»Das ist schön, wenn die Familie so zusammen ist«, meinte die alte Dame verträumt und lächelte.

Renate servierte uns den Tee und reichte ihrer Tante die Schale mit den Butterkeksen. »Sag mal, Tante Tinka, hattest du viel Kontakt mit Ralf und seiner Familie?«, wollte sie wissen und biss in einen Keks.

»Rieke ist hin und wieder hier gewesen, aber die anderen? Ralf ist auch ab und an vorbeigekommen, aber sein letzter Besuch ist ja auch schon länger her.« Ihr Gesicht bekam einen betrübten Ausdruck. »Schrecklich, was mit ihm passiert ist. Gut, dass eure Eltern das nicht mehr miterleben mussten.«

Renates Handy klingelte. Sie beugte sich nach hinten und zog das Telefon aus ihrer Hosentasche. »Ja bitte?«

Sie lauschte den Worten ihres Gesprächspartners und runzelte die Stirn. »Ist gut«, antwortete sie schließlich, »ich mach mich auf den Weg.«

»Was ist denn Kind? Du wirkst so angespannt.« Tante Tinka sah ihre Nichte fragend an.

»Meine Agentin beordert mich sofort nach Bremen. Sie hat einige Interviews vorbereitet. Ja, so ist das, wenn man Erfolg hat.« Sie sprang auf. »Ich muss los, leider.« Sie umarmte ihre Tante. »Ich denke, Emely leistet dir noch ein wenig Gesellschaft.«

»Ja gerne«, stimmte ich zu. Ich war noch nicht mal sehr betrübt über Renates vorzeitigen Abgang, konnte ich mich doch jetzt mit der alten Dame in Ruhe unterhalten.

Nachdem Renate unter lautem Lamentieren, wie sehr man als erfolgreiche Autorin doch im Stress sei, das Haus der Tante verlassen hatte, legte sich Frau Buskohl entspannt zurück.

»So, jetzt sind wir unter uns. Ich muss gestehen, dass Renate schon immer etwas überspannt war.

Das hatte sich noch gesteigert, als sie mit ihren ersten Büchern gar keinen Erfolg hatte, aber das hat sich ja zum Glück geändert.«

»Da kann man Ihre Nichte nur beglückwünschen«, sagte ich und nahm mir vor, einen von Renates Bestsellern zu lesen.

»Es ist wirklich ein Jammer«, stöhnte Tante Tinka und zog ein Taschentuch aus dem Ärmel ihrer Strickjacke, »was dem armen Jungen zugestoßen ist.« Sie wischte sich über ihre feuchten Augen. »Er ist mit jedem Menschen freundlich und respektvoll umgegangen, dabei hat er sein ganzes Leben mit diesen schrecklichen Schuldgefühlen leben müssen.«

»Welche Schuldgefühle?«

Ihre Stimme klang jetzt hellwach. »Wir reden in der Familie nicht mehr darüber. Die Jungs waren damals noch sehr klein und haben das wahrscheinlich alles vergessen, aber Ralf bestimmt nicht.«

»Was ist denn passiert?«

»Es ist ja schon sechzig Jahre her, dass Ralf … er ist mitverantwortlich, dass sein kleiner Bruder in der Nordsee ertrunken ist.«

9

Tinka Buskohl hatte mich gebeten, frischen Tee aufzubrühen. »Sind Sie so nett, mein Kind. Ich muss mich ein wenig sammeln, dann kann ich Ihnen die Geschichte erzählen.«

Mit gierigen Schlucken trank sie den mit Kluntje gesüßten Tee. Vorsichtig stellte sie die Tasse wieder auf den kleinen Unterteller zurück und faltete die Hände. Sie schloss die Augen und atmete ganz ruhig. Vielleicht ist sie eingeschlafen?, dachte ich und überlegte, ob ich mich so einfach davonstehlen konnte, aber die Geschichte, die würde mich doch sehr interessieren.

Die alte Dame öffnete die Augen. »Entschuldigen Sie bitte. Ich brauchte einen Moment, um mir das alles wieder in Erinnerung zu rufen.« Sie trank noch einen Schluck Tee, ehe sie mit ihrer Erzählung begann.

»Ralf hat den Tod seines kleinen Bruders zu verantworten, obwohl man das so nicht sagen kann, denn er war damals selbst noch ein Kind. Ich kenne den erwachsenen Ralf als einen sehr verantwortungsbewussten Menschen, aber als kleiner Junge war er sicherlich auch überfordert. Seine Eltern haben immer von ihm verlangt, dass er auf die kleinen Geschwister aufpassen sollte.«

»Waren die Eltern der Kinder denn berufstätig?«

»Ja, die Firma war noch sehr klein und es erforderte den ganzen Einsatz meiner Schwester und meines Schwagers. Ich habe mich damals auch um die Kinder gekümmert, aber meine Tätigkeit als Sekretärin des Kurdirektors verlangte meine volle Aufmerksamkeit. Ich war ja nie verheiratet und hatte auch keine eigenen Kinder, von daher konnte ich meine gesamte Freizeit den Jungs widmen.«

»Dann waren Sie für die Familie sicherlich eine große Hilfe.«

Tante Tinka nickte. »Ich habe mein Bestes gegeben.«

»Und was geschah dann?«

»Die Kinder waren wie so oft im Winter am Strand. Ralf war acht Jahre alt, Immo sechs. Jan war noch nicht mal geboren und Renate noch ein ganz kleines Kind. Und dann gab es noch den fünfjährigen Henner.«

»Da gab es noch einen Bruder?« Davon hatte Roswitha mir gar nichts erzählt. Aber wenn das alles schon so lange her war, konnte sie das auch nicht wissen, da sie ja selbst noch ein Kind gewesen war. »Was ist passiert?«

»Wie gesagt, die Jungs sind an den Strand gegangen. Es war im Januar … es war eiskalt. Ich hatte zu dieser Zeit die Grippe. Wir hatten ein junges Mädchen eingestellt, welches sich während meiner Krankheit um die Kinder kümmern sollte. Die Eltern der Kinder waren auf einer Fachmesse in München.« Die alte Dame machte eine kurze Pause. »Das junge Ding hat aber lieber mit ihrem Freund telefoniert und nicht bemerkt, wie die Kinder das Haus verlassen haben. Frau Petersen, Sie müssen wissen, ich war bei dem Unglück nicht dabei und wir haben uns später alles nur aus den Erzählungen von Immo und Ralf zusammengereimt.«

»Das verstehe ich. Wie ging es weiter?«

»Wie gesagt, der Winter war eisig und am Strand gab es dicke Eisschollen. Da sind die Jungen immer von einer Scholle zur anderen gehüpft, obwohl es verboten war. Wie oft sind sie ins Wasser gefallen und kamen mit nassen Sachen wieder nach Hause. Auf einmal hat Ralf seinen kleinen Bruder Henner aufgefordert, eine Mutprobe abzulegen, um zu beweisen, dass er ein ganz starker Kerl sei. Immo hat ihn dabei lautstark unterstützt. Henner sollte auf der Buhne ganz bis vorne an die Spitze laufen und wieder zurück. Das ging natürlich schief, denn dort war alles von einer dicken Eisschicht überzogen. Henner ist abgerutscht und ertrunken.«

»Das ist ja eine schlimme Geschichte.« Ich dachte

an Wilko, der ebenfalls im Rahmen einer Mutprobe einen Esslöffel Salz gegessen hatte, was ihm einen längeren Krankenhausaufenthalt beschert hatte.

»Es nimmt mich heute noch mit, wenn ich daran denke«, murmelte die Seniorin. »Man hat das Ereignis dann innerhalb der Familie totgeschwiegen, um den kleinen Ralf nicht länger damit zu belasten, denn es war ja eine kindliche Dummheit, die ihn dazu verleitet hat, seinen Bruder zu solch einer Tat aufzufordern. Aber ich weiß, dass Ralf, als er älter wurde, trotzdem immer daran gedacht hat. Bei seinem letzten Besuch hatte er mir erzählt, dass er sich mit dem Gedanken trägt, seine Geschichte bei einer Veranstaltung der Seenotretter öffentlich zu machen, um die Menschen vor den Gefahren an und auf der See zu warnen. Was meinen Sie dazu?«

»Das ist sicherlich eine sinnvolle Aktion«, stimmte ich ihr zu, »denn es gibt immer noch Menschen, die die Tücke der Nordsee unterschätzen und an nicht bewachten Stränden schwimmen gehen. Hat ihr Neffe sein Vorhaben in die Tat umgesetzt?«

»Soviel ich weiß, noch nicht, aber er hatte es fest vor. Jetzt ist es zu spät.«

Was sollte ich jetzt sagen? Der kleine Junge von damals war nun einem schrecklichen Verbrechen zum Opfer gefallen. »Man hat innerhalb der Familie nie wieder darüber gesprochen?«

»Nein, alle waren zuerst verstummt und später

nahm das Leben wieder seine alltägliche Fahrt auf. Ich weiß gar nicht, ob Ralfs Tochter davon etwas weiß.«

»Ralf hat eine Tochter?«

»Ja, aber sie lebt schon lange in Amerika. Ich habe sie auch schon eine halbe Ewigkeit nicht mehr gesehen.«

»Vielleicht kommt sie zur Beerdigung ihres Vaters nach Deutschland?«

»Das glaube ich nicht. Sie ist mit der ganzen Familie total zerstritten, warum weiß ich nicht, aber es herrscht Funkstille.«

Ich sah ihr zu, wie sie an ihrem Blusenkragen nestelte. Von außen wirkte die Familie van der Pütten gesittet, mit allen finanziellen Mitteln ausgestattet und mit einem gewissen Wohlstand gesegnet. Aber wie sagte meine Oma immer? Unter jedem Dach ein Ach. Und genau das war hier auch der Fall.

10

Zwei Tage später rief Elaine an und bearbeitete mich so lange, bis ich bereit war, mit ihr nach Esens zu fahren. Sie wollte sich ein neues Outfit zulegen. »Ich bin mit einem Chefarzt verabredet, da muss ich ein wenig seriös wirken.«

»Deine bunten Klamotten würden sicherlich bei ihm Irritationen hervorrufen«, bemerkte ich. Elaines Kleiderstil hätte eher in eine Hippiekommune nach San Francisco gepasst.

Ehe ich mich mit Elaine traf, rief ich kurz Bertus an, um zu erfahren, ob die Ermittlungen im Fall Ralf van der Pütten vorangingen.

»Leider nichts Neues. Wie du ja bereits weißt, gibt es keine verwertbaren Fingerabdrücke. Ein paar konnten den verschiedenen Familienmitgliedern zugeordnet werden, aber ansonsten … Wer weiß schon, wer den Kerzenleuchter alles angefasst hat.«

»Gibt es wenigstens einen Verdächtigen?«, fragte ich hoffnungsvoll nach. »Vielleicht ein Konkurrent der Firma, der sich an die Wand gedrängt fühlte oder eine geheimnisvolle Geliebte, die die Nase voll hatte, ewig auf ihren Liebhaber zu warten. Sowas in der Art.«

»Du guckst zu viele schmalzige Filme«, lachte Bertus. »Pass auf, dass diese Gewohnheit nicht deine ganze Scharfsinnigkeit zerstört.«

Irgendwie hatte er recht. Es war immer so: Wenn ich in einem Fall nicht weiterkam, uferten meine Hirngespinste mitunter aus und ich hatte die absurdesten Ideen.

Elaine wartete schon vor ihrer Wohnung. Sie trug ihre üblichen Klamotten, bestehend aus einer lindgrünen Hose und einem geblümten Oberteil mit auffälligen Rüschen am Ausschnitt.

»Du weißt schon, dass wir Anfang Oktober haben, oder?«, bemerkte ich und deutete auf ihre dünne Jacke.

»Weiß ich, aber wer schön sein will, muss leiden.« Sie schloss ihr Auto auf. »Komm, steig ein, ich habe es ein bisschen eilig.«

Mit einem Affenzahn jagten wir über die Landstraße nach Esens und parkten direkt vor einer sündhaft teuren Boutique. Es dauerte eine geschlagene Stunde, bis sie sich für ein dunkelgrünes Kostüm entschieden hatte. Von Eile war gar keine Rede mehr. Die sonst so bunte Elaine sah nun aus wie die Chefsekretärin eines Konzernchefs.

»Wo hast du ihn denn kennengelernt … diesen Chefarzt?«, wollte ich von ihr wissen, als sie sich prüfend vor dem hohen Spiegel hin und her drehte.

»Im Internet, auf einer Partnervermittlungsbörse.«

»Und du hast dein richtiges Alter angegeben?« Ich kannte Elaine, in dieser Hinsicht nahm sie das nicht so genau.

»So einigermaßen«, gab sie zu, »ein bisschen kann man da ja ruhig kreativ sein.« Sie strich sich über ihren leicht faltigen Hals. »Das geht so gar nicht.« Sie drehte sich zu der Verkäuferin um. »Ach, hätten sie noch ein passendes Halstuch?«, bat sie die junge Frau »Das würde das ganze Erscheinungsbild doch etwas aufwerten.«

»Und der Chefarzt«, stichelte ich weiter, »ist er in deinem Alter?«

Ein Strahlen ging über ihr ganzes Gesicht. »Der sieht unverschämt gut aus und hat eine Eigentumswohnung auf Langeoog.«

»Na dann kann ja nichts mehr schiefgehen.« Ich wettete mit mir selber, dass diese Angelegenheit bis zum Ende des Jahres bestimmt schon wieder Geschichte war.

Elaine bezahlte ihre Einkäufe und wir verließen den Laden.

»So, jetzt kommt mein Part«, bestimmte ich. »Mir ist jetzt nach Sahne und gaaaanz viel Kalorien.«

Am frühen Nachmittag waren wir wieder zurück in Neuharlingersiel. Leevke säuberte gerade die Vitrine mit den Gläsern. »Heute ist nicht viel los«, sagte sie. »Also ich komme hier schon alleine zurecht.«

»Das ist gut«, freute ich mich, »ich wollte sowieso noch einen Besuch machen.«

Motiviert schnappte ich mir mein Fahrrad und fuhr zu der Firma der Familie van der Pütten. Dort herrschte noch reger Betrieb. Der Parkplatz stand voller Autos, an der Rampe luden gerade ein paar Männer einen Lkw aus. Ich betrat das Gebäude und klopfte leise an Ava Terveers Bürotür an.

»Ja?«

»Moin Ava, ich wollte mich noch mal mit dir …« Zögerlich blieb ich in der offenen Tür stehen.

»Komm schnell rein«, unterbrach sie mich. »Hier herrscht dicke Luft.«

Rasch schloss ich die Bürotür hinter mir und setzte mich auf den Besucherstuhl. »Was ist denn los?«

»Renate war eben hier und hat sich mit Immo gestritten.« Sie zeigte auf das angrenzende Chefbüro. »Ich konnte alles sehr gut verstehen. Die haben sogar Jan angerufen und mit dem rumgezetert.« Ava nickte mehrmals. »Die haben aber auch alle einen Umgangston miteinander, der zum Himmel schreit. Ralf war da ja ganz anders.« Sie machte eine beschwichtigende Bewegung. »Ja, der war immer nett, aber wenn er auf Immo traf, da konnten schon mal die Fetzen fliegen.«

»Aha«, nuschelte ich leise, mit der Absicht, den Redestrom der Sekretärin nicht zu unterbrechen.

»Ungefähr eine Woche vor Ralfs Tod habe ich die

beiden belauscht«, fuhr sie fort. »Natürlich nicht mit Absicht. Das war nicht hier im Büro, sondern im Lager. Ich war zufällig dort, weil ich Rosalie was fragen wollte … ist ja auch egal. Jedenfalls standen die Herren in einem der Gänge und haben sich angebrüllt.«

»Weißt du, um was es dabei ging?«

»Wenn du mich so fragst, kann ich dir das nicht genau sagen, aber ich habe noch genau die Sätze im Ohr. ›*Ich muss das alles öffentlich machen und mir das endlich von der Seele reden. Auch wenn ich damals ein Kind war, belastet mich der Tod meines Bruders doch sehr.*‹« Ava zuckte mit den Schultern. »Genau das hat er gesagt. Kannst du dir darauf einen Reim machen?«

Ja, das konnte ich, behielt das aber lieber für mich. Es ging sicherlich um den Tod von Ralfs kleinem Bruder.

»Im Moment kann ich damit auch nichts anfangen«, sagte ich stattdessen, »und was hat Immo gesagt?«

»Das habe ich nicht mehr gehört. Die beiden sind dann weggegangen. Ich wollte Immo ja später fragen, aber der ist jetzt anderweitig beschäftigt.« Sie lachte bitter auf.

»Muss ich das verstehen?«

Sie wand sich ein wenig. »Ist ja auch egal, wenn du es weißt. Ich gönne dem Kerl die Peinlichkeit. Immo und ich hatten eine Zeitlang engen Kontakt, wenn du verstehst, was ich meine.«

»Ihr hattet ein Verhältnis?« Jetzt war ich baff.

»Könnte man so sagen«, zischte Ava. »Gestern hat er Schluss mit mir gemacht.«

»Bestimmt wegen Gesa«, vermutete ich. »Sie wird das herausbekommen haben.«

Ava fing lauthals an zu lachen. »Nee, nicht wegen Gesa, sondern wegen der Blomberg.«

»Ist das nicht die Anwältin, die neulich hier war?«

»Genau die ist das.« Ava spitzte den Mund. »Frau Doktor Rika Blomberg«, presste sie hervor, »hat sich mit ihrem verknöcherten Arsch an Immo rangemacht.«

Ava hatte mordsmäßigen Liebeskummer, das sah man ihr an. Was sollte ich Tröstendes sagen? »Soviel ich weiß, ist Immo nicht gerade der Mustergatte, vielleicht ist dir einiges erspart geblieben.« Was Besseres fiel mir nicht ein.

Ava sortierte nervös ihre Kugelschreiber, die in einer Schweinchentasse auf ihrem Schreibtisch standen. »Die wollen nach Spiekeroog. Die haben was vor. Das habe ich im Urin.«

»Wen meinst du?«

»Na, Immo und seine neue Tusse. Die hecken irgendetwas aus. Deshalb hänge ich mich morgen an ihre Fersen.«

»Meinst du, das wäre sinnvoll? Vielleicht wollen sie nur mal einen netten Tag auf der Insel genießen.«

»Nee, Immo ist kein Mann der netten Tage. Da ist was faul.«

Plötzlich erhellte sich ihr Gesicht. »Komm doch mit. Alleine ist das nicht so unterhaltsam. Ich muss wissen, was die vorhaben. Also, was ist?«

Ein wenig schämte ich mich innerlich für meine unverhohlene Neugier, aber ich sagte freudig zu, Ava auf ihrem Ausflug zu begleiten.

11

Am späten Vormittag setzten wir mit der Fähre zur Insel über. Leevke hatte mich überredet, die momentane Gästeflaute für mein Seelenheil zu nutzen und mich ermuntert, mir die frische Inselluft ins Gesicht pusten zu lassen.

Ava wartete schon auf mich am Fahrkartenschalter. Ich hätte sie bald nicht erkannt. Sie trug eine Baseballkappe, die sie tief ins Gesicht gezogen hatte.

»Man sieht, dass du auf geheimer Mission bist«, grinste ich und zeigte auf ihre Sonnenbrille, die sie an diesem trüben Oktobertag trug.

»Ich will ja nicht, dass mich jeder erkennt. Wie peinlich wäre das denn?« Sie riss die Brille runter und stopfte sie in ihren Rucksack. »Komm, ich habe die Fahrkarten schon geholt.«

Wir erklommen die schmalen Eisenstufen der Fähre, blieben an Deck und hielten Ausschau nach unseren Beobachtungsobjekten. Immo und die Anwältin kamen kurz vor der Abfahrt der Fähre angerannt.

»Guck mal, was die anhat«, zischte Ava. »Die trägt

doch tatsächlich Stöckelschuhe. Unglaublich! Was will die denn damit auf der Insel?« Sie lachte kurz auf. »Wahrscheinlich auf die Schnauze fallen«, beantworte die sichtlich aufgebrachte Sekretärin ihre Frage selbst.

Ein Pulk von Gästen ergoss sich nach der dreißigminütigen Überfahrt auf die Insel. Immo und die Anwältin stiegen als Erste aus und stürmten eilig davon. Wir hatten Mühe, den beiden bis zum Ort zu folgen.

»Wo wollen die nur hin?«, stöhnte Ava. »Zum Vergnügen sind die bestimmt nicht hier. Das stinkt alles zum Himmel.«

Das Paar verschwand in einem Haus direkt neben dem Inselmuseum. Wir bezogen hinter einer Plakatwand Stellung. Nachdem sich die Haustür hinter ihnen geschlossen hatte, gingen wir näher an das Haus heran.

»Hier.« Ava zeigte auf das Emailleschild neben dem Gartentor. »*Hinnerk Kusenbeck, Immobilienmakler*«, las sie laut vor. »Mensch, das ist Hinni, den kenne ich.«

»Was wollen die denn bei einem Makler?«, überlegte ich. »Vielleicht sind sie auf der Suche nach einer Wohnung hier auf Spiekeroog?«

»Du meinst, die wollen sich ein Liebesnest auf der Insel suchen?«, keifte Ava. »Nee, da kommst du zu spät. Immo hat schon lange eine Wohnung in Wittmund, von der niemand was weiß.«

»Gut, dann warten wir so lange, bis sie wieder rauskommen«, schlug ich vor, »und dann sehen wir ja, wohin sie gehen.«

Nach ungefähr zwanzig Minuten verließen Immo und seine Begleiterin das Immobilienbüro und liefen Richtung Strand.

»Komm, da gehen wir jetzt rein«, bestimmte Ava und zerrte mich am Ärmel zur Tür. »Ich will wissen, was die vorhaben.«

»Das ist sicherlich sinnvoller, als ihnen zum Strand zu folgen«, bestätigte ich ihren Plan. »Was wirst du diesem Kusenbeck erzählen?«

»Hinni?« Sie lachte. »Da fällt mir schon was ein. Komm jetzt.« Entschlossen riss sie die dunkelgrün gestrichene Haustür auf und stürmte das Haus.

Die Dame hinter dem Holztresen sah uns sauertöpfisch an.

»Moin, was kann ich für Sie tun?«

»Wir möchten zu Hin… Herrn Kusenbeck«

»Haben Sie einen Termin?«

Ava reckte sich. »Nein, keineswegs, aber sagen Sie Herrn Kusenbeck, Ava würde ihn gerne sprechen.«

Alle Achtung! Ava war nicht aus der Ruhe zu bringen. Sollte ich mal den Einsatz einer Partnerin bei meinen Ermittlungsarbeiten in Erwägung ziehen, würde ich sicherlich auf sie zurückgreifen.

»Einen Moment bitte«, säuselte die Dame und

verschwand hinter einer Tür mit der Aufschrift *Chefbüro*.

Die Tür wurde Sekunden später aufgerissen und ein untersetzter Mann um die Fünfzig stürzte auf Ava zu, umarmte sie stürmisch und strich ihr durchs Haar.

»Mensch, dass du hier bist«, rief er und strich Ava über den Oberarm. Dann sah er mich an. »Moin, kennen wir uns?«

Ich schüttelte den Kopf. »Ich bin eine Freundin und habe Ava auf ihrem Ausflug begleitet.«

»Kommt rein«, bat er uns. »Frau Hunneke, bringen Sie uns bitte Kaffee, ja? Ich bin in der nächsten Stunde für niemanden zu sprechen.«

»Wie Sie meinen, Chef.«

Herr Kusenbeck führte uns zu einer ausladenden Ledergarnitur, in deren Polster ich bis auf den Boden versank.

Frau Hunneke brachte den Kaffee und schloss leise die Tür hinter sich.

»So meine Damen, jetzt erzählt mal, was ihr auf dem Zettel habt.« Er klopfte sich auf seine Oberschenkel und lachte laut. »Ava, Schatz, wo warst du die ganze Zeit?«

»Hinni, das willst du gar nicht wissen«, winkte die Sekretärin ab. »Ich dachte, du wärst längst in Berlin mit dem Trampel aus deinem Büro.«

Hinni schnappte nach Luft und wurde rot.

»Du musst wissen, Emely, Hinni und ich waren mal ein Paar«, zischte sie, »bis er sich anderweitig orientiert hat.«

»Ach Süße, sei doch nicht so nachtragend«, schmollte der Immobilienmakler. »Wenn es dich tröstet, sie hat mich für einen Vertreter für Unterwäsche sitzen lassen.«

»Ach Hinni, das hätten wir uns alles sparen können«, entgegnet Ava sichtlich versöhnlich. »Aber was vorbei ist, ist vorbei.«

»Da bin ich aber erleichtert«, atmete Hinni auf, »ich würde es ja wiedergutmachen, wenn das möglich wäre.«

Ava war wirklich geschickt, dachte ich mit Bewunderung, sie hatte ihn dahin gelenkt, wo sie ihn haben wollte.

Ava beugte sich ein wenig zu ihm rüber. »Das kannst du, ich meine die Sache wiedergutmachen.«

»Und wie?« Er sah sie mit zusammengekniffenen Augen an.

»Die beiden Herrschaften, die eben hier in deinem Büro waren, was wollten die von dir?«

»Nun ja«, antwortete er zögerlich, »er ist daran interessiert, hier auf der Insel ein Hotel zu kaufen.«

Jetzt wurde es interessant. »So eine Immobilie ist doch auf Spiekeroog bestimmt sehr teuer, oder?«, fragte ich nach.

Er nickte. »Darauf können Sie einen lassen, aber

der Kunde hat mir zu verstehen gegeben, dass er in Kürze durch den Verkauf seiner Firma über eine Menge Geld verfügen wird und die Finanzierung solch eines kostspieligen Objekts auf der Insel überhaupt kein Problem für ihn wäre.«

Ava öffnete irritiert den Mund, ohne etwas zu sagen. Das war ja hochspannend, dachte ich. Wollte Immo die Firma seiner Familie verkaufen? Konnte er das überhaupt alleine entscheiden? Aber woher sollte er sonst das Geld für so ein teures Gebäude auf Spiekeroog haben? Da kam ihm doch der Tod seines Bruders gerade recht. Es war schon mehr als auffällig, dass Immo gerade jetzt ein Hotel auf der Insel kaufen wollte.

»Hast du dich auch nicht verhört, Hinni?« Ava saß jetzt kerzengerade auf der Sesselkante. »So zielstrebig und kurzentschlossen kenne ich Immo gar nicht.«

Wahrscheinlich kam Ava gar nicht der Gedanke, dass ihr ehemaliger Geliebter alles von langer Hand geplant hatte.

12

»Immo van der Pütten will ein Hotel auf Spiekeroog kaufen. Dazu muss er doch sicher hier seine Firma veräußern. Ralf war ihm dabei im Weg. Das ist doch mehr als verdächtig, oder?«

Aufgeregt saß ich am frühen Morgen mit dem Telefon am Ohr in meiner Küche und wartete begierig auf Bertus‘ Einschätzung im Fall van der Pütten.

»In der Tat«, stimmte er mir zu. »Dieser Mann hatte ein starkes Motiv, seinen Bruder zu töten.«

»Auch bei einer Veröffentlichung von Ralfs … wie soll ich sagen … Jugenderinnerungen an seinen verstorbenen Bruder wäre das nicht gerade förderlich für das Image der Firma ›Die Lichtmacher‹ gewesen.«

»Selbst wenn das Opfer – also Ralf – einem Verkauf der Firma letztlich zugestimmt hätte«, spann der Ex-Kommissar den Faden weiter, »wäre so eine Geschichte sicherlich schlecht für eine Veräußerung gewesen.«

»Und da sein Bruder nun nicht mehr lebt, hat er

in allem freie Hand«, ergänzte ich. Die Milch, die ich in meinen Kaffee geschüttet hatte, war sauer. »Weißt du, ob Immo van der Pütten ein Alibi für die Tatzeit hat?«

»Soviel ich mich erinnere, hat Kurt gesagt, er wäre nach der Firmenfeier noch spazieren gegangen. Warte kurz …«

Ich hörte, wie Bertus den Hörer hinlegte und im Hintergrund herumkramte. »So, hier habe ich es. Also, die Schwester Renate ist erst am nächsten Tag nach dem Mord angereist. Der Bruder, also Immo, hat angegeben, er wäre nach der Firmenfeier an der frischen Luft gewesen, um den Kopf frei zu bekommen. Die Ehefrauen der beiden, die übrigen Gäste und die Angestellten der Firma sind alle nach Hause gegangen. Die Kollegen haben niemanden gefunden, der etwas über den Tathergang aussagen konnte.«

»Das ist ja nicht gerade viel. Aber das bestätigt uns, dass Immo der Hauptverdächtige ist. Er hatte ein Motiv und kein Alibi. Was sagen denn die Handydaten? Daran könnte man ja eventuell den Aufenthaltsort nachvollziehen.«

Bertus räusperte sich. »Sein Telefon hatte er angeblich im Büro liegen lassen. Also kann man ihm nichts nachweisen.«

»Ob die Wahrheit jemals ans Tageslicht kommt, wage ich zu bezweifeln.«

»Damit musste ich während meiner gesamten beruflichen Laufbahn leben. Vieles blieb im Verborgenen und ist niemals ans Tageslicht gekommen. Damit muss man sich abfinden.«

Enttäuscht beendete ich das Gespräch und verließ meine Wohnung.

»Emely, ich wollte dich gerade anrufen«, begrüßte mich Selma. »Hat Leevke schon mit dir gesprochen?«

»Nee, wieso?«

»Wir haben eine Anfrage für eine Veranstaltung vom Heimatverein. Die wollen eine Benefizlesung machen, mit anschließender Teetafel.«

»Weißt du auch, für wie viele Personen?«

Selma stemmte ihre kräftigen Arme in ihre nicht weniger kräftigen Hüften. »Klärchen Bissinger, das ist die Chefin vom Verein, also die hat gesagt, es werden sicherlich sechzig Personen sein, da ist die Bude voll. Leevke hat die Telefonnummer aufgeschrieben für den Rückruf.« Unschlüssig sah sich unsere Kuchenbäckerin um. »Was sollen wir denn da anbieten?«

»Auf alle Fälle Ostfriesentorte«, sagte ich. »Und wie wäre es mit Deichtorte und Friesenstrudel? Das wird doch sehr gerne genommen.«

»Gute Idee«, stimmte mir Selma zu. »Sag mir Bescheid, wann das stattfinden soll. Dann schreibe ich alles auf, was wir bestellen müssen.«

»So machen wir das«, entgegnete ich und verließ Selmas Reich.

»Moin Emely, ich habe dir den Zettel mit der Telefonnummer ins Büro gelegt«, informierte mich Leevke. Sie bediente schon die ersten Gäste, unter anderem unsere beiden Ortspolizisten Harm und Sigi.

»Danke, ich rufe gleich da an«, versprach ich ihr und trat an den Tisch der beiden Ordnungshüter.

»Ihr seid aber früh dran«, begrüßte ich die beiden. »Ist was passiert?«

»Guck doch mal raus«, meinte Harm, »es regnet Bindfäden.«

»Nach fünf Minuten wären wir nass bis auf die Unterhose«, ergänzte Sigi und fuhr mit der flachen Hand über seine Föhnfrisur. »Man muss ja schließlich an seine Gesundheit denken.«

»Und die Verbrechen?«, stichelte ich mit einem Grinsen. »Die klären sich ja nicht von alleine auf.«

»Tja, meine Liebe, dafür haben wir ja dich«, feixte Harm. »Aber ohne Scheiß, wenn wir unseren Kaffee aufhaben, müssen wir los. Der Chef reißt uns sonst den Hintern auf.«

»Habt ihr noch was gehört über den Mord an Ralf?«

»Nix, überhaupt nix«, meinte Sigi. »Gestern waren wir noch mal in der Firma, aber nur, weil irgend so ein Lkw das Auto vom Chef angefahren hat.«

»Von Immo?«

»Die haben doch jetzt nur noch einen Chef.« Harm ließ nochmal zwei Stück Würfelzucker in seinen Kaffee plumpsen. »Den anderen hat ja das Zeitliche gesegnet.«

»Immo hat vielleicht rumgetobt«, erzählte sein Kollege weiter. »Er kam aus dem Haus gestürzt und hat den armen Fahrer zur Schnecke gemacht. Dabei ist nur die Stoßstange ein bisschen beschädigt.«

Harm nickte. »Bei Ralf wäre das anders abgelaufen, der war nicht so cholerisch wie sein Bruder.«

»Ja, er war der Nettere der beiden Brüder«, überlegte ich laut. »Lasst euch von Leevke noch ein Stück Kuchen mitgeben, das hebt die Laune. Geht aufs Haus.«

Im Büro rief ich Frau Bissinger vom Heimatverein an. Wir besprachen die Details der Veranstaltung, auf der ein Autorenduo aus Emden seinen neuesten Roman vorstellen wollte.

Während des Gesprächs war mir der Gedanke gekommen, dass es sicherlich nicht verkehrt wäre, Immos Ehefrau Gesa noch einmal aufzusuchen.

Nach Beendigung des Telefonats informierte ich mich im Internet über die Öffnungszeiten der Bibliothek am Nachmittag.

Zwischendurch rief Elaine an und berichtete mir von dem grandiosen Kurzurlaub in Griechenland mit ihrem Chefarzt. »Er ist so höflich«, schwärmte sie. »Er schenkt mir Blumen, hält mir die Tür auf und ist ausgesucht charmant. Ein richtiger Gentleman.«

Das konnte nichts Gutes bedeuten, argwöhnte ich, so einen Mann gab es nur in Hollywoodfilmen. Ich hielt aber den Mund, um ihr nicht den Tag zu verderben. Wenn da was faul war, dann würde sie von selbst dahinterkommen.

Später trafen die Teeschwestern zu ihrem gewohnten Klönschnack im Café Kluntje ein. Heute tagten sie nur zu dritt. Hedwig musste bedauerlicherweise das Bett hüten, weil sie am Vortag unvernünftigerweise Bohnensuppe gegessen hatte, welche ihre Galle total aus dem Rhythmus gebracht hatte.

»Das glaube ich ihr nicht«, stänkerte Netti, als ich gerade am Tisch stand und mich nach den Wünschen der Damen erkundigte. »Die erpresst bestimmt wieder ihren Mann. Wahrscheinlich will sie ein neues Sofa und markiert jetzt so lange die Hinfällige, bis ihr Göttergatte einwilligt. Das ist ihre übliche Masche, um ihren Willen durchzusetzen.«

»Aber was soll man sonst machen, wenn die Herren nicht so wollen, wie wir das gerne hätten?«, ließ Franziska verlauten. »Ich konnte mich in meiner Ehe immer behaupten und habe letztlich alles durchgesetzt, was ich wollte.«

Tabea nickte zustimmend. »Das glaube ich dir gerne, aber genau deshalb bist du jetzt auch geschieden. Dein Mann hatte sicherlich die Nase von deinen Mätzchen voll.«

Beleidigt sah Franziska auf ihre frisch manikürten Nägel. »Ihr habt ja keine Ahnung«, maulte sie, »ihr habt eben Glück gehabt bei der Auswahl eurer Ehemänner.«

Jetzt herrschte dicke Luft am Tisch der Freundinnen. »Ich bringe euch erst mal was zum Entspannen«, versprach ich und stellte wenig später vor jede einen Sanddornlikör hin.

Meine Maßnahme schien gewirkt zu haben, denn schon nach ein paar Minuten war die Laune der Damen um etliche Oktaven höher.

Am späten Nachmittag machte ich mich auf den Weg zur Bibliothek, in der Hoffnung, Gesa anzutreffen. Wie ich ihr allerdings weitere Informationen aus der Nase ziehen könnte, war mir schleierhaft.

13

Ich hatte Glück. Gesa van der Pütten stand vor einem der Bücherregale und sortierte die Bücher wieder ein, die die Leser zurückgebracht hatten. Sie nickte mir nur kurz zu und fuhr in ihrer Arbeit fort.

Betont gelassen und mit leicht geneigtem Kopf schritt ich an einem der Regale entlang und tat so, als würde ich die Buchtitel studieren. Nach jahrelanger Erfahrung wusste ich, dass die Neugier, besonders beim weiblichen Geschlecht, nicht zu unterschätzen ist, ich war ja das beste Beispiel dafür.

Und ich hatte recht, Gesa kam rüber und stellte sich neben mich. »Moin Emely, suchst du was Bestimmtes?« Dabei wippte sie mit den Füßen abwartend auf und ab.

»Moin Gesa, ja, eine Freundin aus Dortmund hat mich gestern angerufen und mich um Hilfe gebeten. Sie will sich scheiden lassen und hat überhaupt keine Ahnung, was auf sie zukommt. Ich bot ihr an, mich kundig zu machen. Jetzt suche ich die entsprechende Lektüre.«

»Dann komm mal mit.« Gesa zog mich mit sich.

»Die gesamte Munition für erfolgreiche Scheidungsverhandlungen steht da hinten.«

Sie schob mich vor ein Bücherregal und machte eine umfassende Bewegung. »Hier findest du alles, was deine Freundin wissen muss.« Sie seufzte tief. »Ich habe die alle gelesen und könnte jetzt selbst einen Ratgeber verfassen.«

»Willst du dich jetzt doch scheiden lassen?«

»Auf keinen Fall, aber Vorsorge ist besser, als hinterher die Blöde zu sein. Ich nutze aktuell die Zeit, um alles über meinen werten Ehemann herauszubekommen. Ich weiß von seiner geheimen Wohnung in Wittmund«, keifte Gesa, »und das schon lange.« Sie sah mich aufgebracht an. »Da guckst du, was?«

Erstaunt hob ich die Augenbrauen. »Echt? Woher weißt du das denn?«

Sie hob den Kopf und lächelte siegessicher. »Es gibt in Oldenburg eine sehr kompetente Detektei. Eine Frau ist die Inhaberin. Sie ist sehr einfallsreich und hat alles herausbekommen.« Sie strich mit dem Zeigefinger nachdenklich über einen dicken Buchrücken. »Aktuell macht er ja mit der Anwältin rum und will ins Hotelfach einsteigen.«

Sie wusste also gut Bescheid, stellte ich fest. Vielleicht konnte sie mir noch mehr sagen?

»Sag mal, so wie du uns erzählt hast, waren dein Schwager und dein Mann sich nicht immer einig und haben oft gestritten. Ging es da mehr um Geschäftliches oder wusste Ralf von Immos außerehelichen … Anstrengungen?«

»Teils, teils. Es ging um Dinge, die die Firma betrafen, aber auch um sein liebstes Hobby mit den diversen Damen.« Sie lachte verächtlich. »Wenn du weißt, was ich meine. Einmal habe ich die beiden belauscht. Das war im Sommer im Garten. Immo dachte, ich schlafe. Ich stand aber oben am Fenster und habe gehört, wie er Ralf angemacht hat, er solle sich doch aus seinem Privatleben heraushalten.«

»Und er hat nicht gemerkt, dass du das Gespräch belauscht hast?«

Gesa nickte. »Der hat doch nie was kapiert. Ralf war ganz schön aufgebracht. ›Das geht nicht‹, hat er zu Immo gesagt, ›du machst unsere ganze Familie kaputt‹. Mein Göttergatte hat nur gelacht und behauptet, dass niemand auch nur den Hauch eines Beweises für seine Untreue hätte.« Sie tippte sich an die Stirn. »Ich sach ja, mein Mann – blöd wie ein Meter Feldweg.«

»Und was hat er noch gesagt?«

»Ralf hat ihm dann mitgeteilt, dass ein Mitarbeiter aus dem Lager Fotos geschossen hätte, welche ihn und Ava in einer verfänglichen Situation zeigen.«

»Wieso macht einer der Angestellten Fotos von seinem Chef?«

»Genau das hat mein Angetrauter auch wissen

wollen, aber Ralf hat ihm erklärt, dass es eigentlich nur eine zufällige Beobachtung des Mitarbeiters gewesen wäre. Der Angestellte konnte Immo noch nie leiden und hat deswegen aus einer Laune heraus ein paar Fotos gemacht.«

»Und hat Ralf deinem Mann die Fotos gegeben?«

Gesa schüttelte den Kopf. »Er wollte eins ausdrucken und seinem Bruder geben. Ralf hat ihm noch gedroht, wenn er nicht damit aufhöre, würde er das alles an die große Glocke hängen. Als Erstes wollte er mich in Kenntnis setzen. Des Weiteren wäre es ihm auch egal, wenn alles in der Familie und in der Firma den Bach runterginge.«

In Gedanken sah ich die Szene vom Abend des Firmenjubiläums vor mir, wie Ralf seinem Bruder einen Zettel gegeben hatte. Ich war mir sicher, dass es sich dabei um eines der besagten Fotos gehandelt hatte. Also noch ein Grund mehr, Immo van der Pütten ganz oben auf meine Verdächtigenliste zu setzen.

Ein Piepen unterbrach meine Gedanken. Gesa hatte ihr Handy gezückt. »Ach die schon wieder«, murmelte sie. »Die Frau ist echt nervig.«

»Wen meinst du?«

»Renate. Sie hat sich eben für heute Abend zum Essen bei uns eingeladen.« Gesa rollte mit den Augen. »Seitdem sie Erfolg mit ihrer Schreiberei hat, ist sie noch merkwürdiger geworden. Hast du sie mal getroffen?«

»Nur zufällig im Hotel Deichhuske. Ich will mir aber mal ein Buch kaufen, welches sie geschrieben hat. Den Namen habe ich aber vergessen.«

»Ja, so was Englisches … Wie bekloppt ist das denn? Aber …«

Eine der Kolleginnen machte Gesa ein Zeichen. »Ich muss weitermachen«, sagte sie dann. »Alles Gute für deine Freundin. Sie soll sich nix gefallen lassen von dem Mistkerl von Ehemann.«

Ich verzichtete auf die weitere Durchforstung der Fachbücher über eheliche Trennungen und fuhr nach Hause.

14

»Es ist aber auch nicht auszuhalten mit dem Kerl«, schimpfte Netti am nächsten Morgen, als ich ihr einen Rührkuchen vorbeibrachte, den sie bei Selma bestellt hatte.

Sie lehnte an der Küchenspüle, während ihr Mann am Tisch saß und demonstrativ vertieft die Ostfriesen-Zeitung studierte.

Ich kannte das schon. In regelmäßigen Abständen hing im Hause Sundermann der Haussegen schief. »Was ist denn jetzt schon wieder mit euch beiden?«

»Frag Netti«, brummte Horst, ohne den Kopf zu heben, »die macht wieder einen Aufstand wegen meinem Geburtstag.«

»Emely, was sagst du denn dazu?« Wütend warf meine Schwiegermutter ein Küchenhandtuch über die Stuhllehne. »Wir machen ja wieder ein Elführtje, wie jedes Jahr. So mit Matjeshappen und Schnaps. Dieses Mal wollte ich auch Tabea, Franziska und Hedwig dazu bitten, weil ich ja an meinem letzten Geburtstag erkältet war und nix machen konnte.«

Ich sah Horst an. »Und du bist dagegen?«

»Ich kann das Weibergesabbel nicht ab«, zischte er.

»Mein Gott«, empörte sich jetzt Netti, »dein ganzer Kegelclub wird da sein, da fallen doch meine drei Freundinnen überhaupt nicht auf. Außerdem brauchst du dich für die zwei oder drei Stunden nicht aufzuregen.«

»Zwei oder drei Stunden?«, polterte Horst los. Er schmiss die Zeitung auf den Tisch, verschränkte die Arme und sah uns wütend an. »Du weißt genau, dass die Leute mindestens bis zum Nachmittag ihren Hintern in unserem Wohnzimmer platzieren. Da gibt keiner so schnell auf.«

Mein Blick fiel auf eine Überschrift in der Zeitung, die quer über dem Küchentisch lag. *Juristentagung in Neuharlingersiel.*

»Darf ich mal?«, bat ich und nahm die Zeitung hoch. In dem besagten Artikel ging es um die Ankündigung einer Fachtagung für Juristen am morgigen Samstag im Hotel Deichhuske in Neuharlingersiel, zu der Teilnehmer aus ganz Deutschland erwartet wurden.

Mit Sicherheit würde auch Rika Blomberg daran teilnehmen. Das war die Gelegenheit, die Dame aus der Nähe zu begutachten.

»Ich muss los«, teilte ich den beiden noch immer diskutierenden Senioren mit und eilte nach Hause.

Eine Weile kam ich nicht dazu Roswitha anzurufen, da sich eine ganze Reisegruppe Urlauber bei uns niederließ und ausgiebig Tee und Torte genossen.

Erst nach Geschäftsschluss hatte ich Ruhe, die Hausdame des Hotels Deichhuske zu kontaktieren.

»Klar kannst du kommen«, beantwortete sie meine Frage, wie ich unauffällig Zugang zu der Tagung bekommen könnte. »Ich mache für dich sogar ein Namensschild, das heftest du dir an deine Jacke, dann sieht es so aus, als würdest du dazugehören.« Roswitha kicherte. »Dann kannst du in Ruhe die Leute beschnüffeln.«

»Das ist prima«, bedankte ich mich.

»Da nich für. Übrigens ist Renate auf den gleichen Gedanken gekommen. Sie meinte, eine Teilnahme an der Veranstaltung wäre unumgänglich für Charakterstudien für ihr nächstes Buch.«

»Und wann geht es los?«

»Morgen Früh um zehn. Es gibt einen kleinen Sektempfang und dann geht die eigentliche Tagung los.«

Ich versprach Roswitha, mich pünktlich einzufinden.

Am Abend, ich hatte gerade meine Haare gewaschen, rief Bertus an. »Ehe du nachfragst, es gibt keinerlei Neuigkeiten. Oder doch …«

»Was meinst du?«

»Mein Ex-Kollege Kurt hat mich angerufen und mir inoffiziell mitgeteilt, dass Immo van der Pütten jetzt das alleinige Sagen in der Firma hat, inklusive eines eventuellen Verkaufs.«

»Und die anderen Familienmitglieder? Haben die nichts damit zu tun?«

»Es existiert wohl eine vertragliche Vereinbarung, dass die übrigen Mitglieder der Familie zwar Miteigentümer sind, aber bei solch einer Aktion kein Mitspracherecht haben.«

Ein Rinnsal meines Haarfestigers lief mir übers Gesicht. »Es verdichtet sich immer mehr der Verdacht, dass Immo für Ralfs Tod verantwortlich ist.«

Bertus räusperte sich. »Für uns war er ja schon die ganze Zeit der Hauptverdächtige.«

»Ich bin morgen im Hotel Deichhuske«, informierte ich den Ex-Kommissar, »dort wird sicherlich die Freundin von Immo, diese Rika Blomberg, anwesend sein. Vielleicht hängt sie da mit drin und weiß, was Immo vorhat.«

»Dann wünsche ich dir für deine Recherchen viel Glück.«

Glück konnte ich sehr gut gebrauchen, aber nicht in dem Sinne, wie Bertus das gemeint hatte. Vergeblich durchforstete ich meinen Kleiderschrank nach einem passenden Outfit für solch einen Anlass, welches mir nicht zu eng war.

Es musste wieder mein schwarzer Rock herhalten, den ich noch immer mit einer Sicherheitsnadel an Ort und Stelle fixieren musste, da ich den Reißverschluss nicht mehr schließen konnte. Eine bunte Bluse drüber und fertig war die Angelegenheit.

Roswitha erwartete mich am nächsten Morgen schon in der Halle, als ich abgehetzt angerannt kam. »Entschuldige, aber ich habe verschlafen. Wilko hat mich erst um kurz nach acht aus dem Bett geworfen.«

»Hat dich Selma nicht geweckt?«

»Nein, die war mit ihren Torten beschäftigt.« Ich sah mich um. »Geht‘s jetzt los?«

»Ja, komm mit in den Tagungssaal.«

Am Eingang des eigentlichen Frühstücksraums standen zwei Damen und reichten jedem Ankommenden ein Glas Sekt.

Roswitha bugsierte mich gleich rechts neben den Eingang an einen der Stehtische. »Von hier aus kannst du alles überblicken und wenn nötig, unauffällig das Weite suchen. Ich muss mich jetzt leider um unsere Gäste kümmern.«

»Kein Problem«, versicherte ich ihr und sah mich im Saal um. Die Herren standen in Grüppchen zusammen, die Damen der Zunft trugen alle ein strenges Kostüm, wohl um ihre Autorität zu unterstreichen.

»Wir kennen uns doch?«, hörte ich eine Frauenstimme neben mir. Es war Rika Blomberg, elegant gekleidet, mit einem engen Rock und knapp sitzender Jacke, welche ihre Wespentaille voll zur Geltung brachte.

»Moin«, sagte ich und zog reflexartig meinen Bauch ein.

Frau Blomberg sah mich prüfend an. »Die ganze Zeit überlege ich schon, wo wir uns getroffen haben.«

»Im Sekretariat der Firma van der Pütten. Ich bin mit Frau Terveer befreundet. Mein Name ist Emely Petersen – und Ihr Name war noch mal …?«

»Ich bin Rika Blomberg, und wie Ihnen eventuell bekannt ist, vertrete ich die Firma van der Pütten in Rechtsfragen.« Sie sah mich an. »Und wieso sind Sie hier?«

»Ich trage mich mit dem Gedanken, einen Kriminalroman zu schreiben«, antwortete ich möglichst selbstbewusst, »da ist es nicht verkehrt, wenn man etwas über die Rechtsprechung weiß.«

Ihr Gesicht spiegelte ihr Misstrauen wider. »Sie wollen ein Buch schreiben?«

»Ja, hatte ich vor«, stotterte ich und hoffte, dass sie meine Unsicherheit nicht bemerkt hatte. »Ich stehe ja erst ganz am Anfang, von daher …«

»Dann wünsche ich Ihnen gutes Gelingen.« Es klang eine Spur zu spöttisch.

»Wie hat Ihnen Spiekeroog gefallen?«, wechselte ich das Thema.

Jetzt fühlte sich Frau Anwältin offensichtlich

überrumpelt. »Woher wissen Sie …?«

»Ich habe Sie auf der Fähre gesehen, in Begleitung von Immo van der Pütten.«

»Ja, eine wunderbare Insel, aber wir waren nicht zum Vergnügen dort. Immo hatte einen Geschäftstermin.«

»Wahrscheinlich hatte Gesa keine Zeit, ihn zu begleiten. Sie nimmt sonst jede Gelegenheit wahr, auf eine der Inseln zu fahren.« Das war alles gelogen, denn ich hatte keine Ahnung, was Immos Frau mochte oder nicht.

»Das interessiert mich nicht«, antwortete sie eine Spur zu heftig.

Ein Mann war ans Rednerpult getreten und begann, die Tagungspunkte einzeln durchzugehen.

»Sie müssen mich jetzt entschuldigen«, raunte die Firmenanwältin und stöckelte auf ihren Highheels davon.

»Ach Emely, dich hätte ich hier nicht erwartet.« Renate stellte drei Gläser Sekt auf dem Tisch ab. »Ich habe mir etwas Vorrat mitgebracht«, kicherte sie, »ich will mir einige der Vorträge anhören.« Sie leerte das erste Glas in einem Zug und stellte es unsanft auf dem Tisch ab. Nur mit Mühe konnte sie einen Rülpser unterdrücken. »Ich kann die Kuh nicht leiden.«

»Welche Kuh?«, fragte ich nach, obwohl ich genau wusste, wen sie meinte.

»Na die Blomberg. Wie die auch immer mit ihrem

Hintern herum rudert.« Renate wackelte mit ihrem Kopf hin und her. »Emely, kannst du mir erklären, wie ein Mensch auf solchen Stelzen laufen kann.« Sie deutete auf ihre derben Schuhe. »Da sind mir meine Treter schon lieber.«

»Ich mag es auch lieber praktisch.«

Roswitha huschte vorbei und winkte uns zu. Eine Weile lauschten wir den Worten des Redners, ohne auch nur ansatzweise zu verstehen, um was es ging.

Renate hatte auch den Inhalt der beiden restlichen Gläser in sich hineingeschüttet. »Übrigens«, nuschelte sie, »Tante Tinka hat übermorgen Geburtstag. Sie hat mich gebeten, dich einzuladen.«

»Das ist aber lieb von ihr. Ja, sie hatte erwähnt, dass sie achtundneunzig wird. Wer wird denn alles da sein?«

»Die gesamte Familie, sofern sie vor Ort sind. Meine Nichten und Neffen wohnen zum Teil im Ausland und Jan kommt sicher auch nicht, aber einige Freundinnen meiner Tante, sofern sie sich auf den Weg machen können.«

»Wird Immo auch da sein?«

Renate zuckte mit den Schultern. »Ich denke schon. Wer weiß, wie oft Tante Tinka noch Geburtstag feiern kann. Wir haben ihr schließlich alle viel zu verdanken.«

Eine junge Hotelmitarbeiterin rauschte fast lautlos durch den Saal und bot weiterhin Getränke an, welche sie auf ihrem Tablett elegant balancierte. Renates Hand schoss hervor, als die Angestellte an unserem Tisch vorbeigehen wollte und griff sich ein neues Glas des prickelnden Getränks.

»Ich komme gerne«, sagte ich sofort zu und freute mich über die Gelegenheit, Ralfs Bruder aus der Nähe zu erleben.

15

Zwei Tage später war es so weit, Horst ließ sich an seinem Ehrentag hochleben. Er saß entspannt im Wohnzimmer und unterhielt sich mit seinen Gästen, die sich minütlich vermehrten. Netti hatte sich viel Mühe gegeben und mehrere Tabletts mit Matjeshäppchen und Käsespießen sowie diverse Getränke bereitgestellt.

»Herzlichen Glückwunsch zu deinem Geburtstag«, gratulierte ich ihm und überreichte ihm einen Gutschein eines großen Internetversandhandels. »Ich wusste wirklich nicht, was ich dir Gutes tun kann.«

Freudig öffnete er den Umschlag. »Danke, das passt prima. Ich will mir einen Schallplattenspieler kaufen. So einer mit Drehscheibe. Obwohl Netti ja meint, heute gibt es ja alles auf diesen CDs.«

»Dann lass dich nicht von deiner Frau beirren. Wo ist sie denn?«

Er machte nur eine Kopfbewegung Richtung Flur und wandte sich wieder seinen Gästen zu.

Netti saß mit den Teeschwestern und ein paar

weiteren Frauen in der Küche und pichelte Erdbeerbowle. Tabea, die lässig am Fenster stand, bemerkte mit dem strengen Gesicht eines Oberfeldwebels, dass es jetzt im Oktober keine Zeit für Erdbeeren sei.

»Tiefgefroren, meine Liebe, alles tiefgekühlt«, klärte Netti sie auf, »wir müssen heutzutage auf nichts mehr verzichten.«

Franziska, gekleidet in ein hellrosa Kostüm, nippte an ihrem Bowle-Glas, tupfte sich mit einer Serviette die akkurat geschminkten Lippen ab und hob das Glas. »Es bleiben für uns keine Wünsche unerfüllt. Schnee im Sommer, sonniges Meer im Süden und Ehemänner, die zwanzig Jahre jünger sind, alles ist möglich.«

Sofort entbrannte eine heftige Diskussion, ob es sinnvoll wäre, sich einen jüngeren Ehepartner zuzulegen, damit man im Alter nicht auf fremde Hilfe angewiesen ist.

»Was glaubst du, wie lange so ein Jungspund bei dir bleibt?«, giftete Tabea und sah Franziska an. »Wenn dein Bindegewebe das Weite sucht, ist der doch weg.«

Dann redeten alle durcheinander. Eine Weile hörte ich noch zu, flüsterte dann aber Netti ins Ohr, dass ich noch eine andere Geburtstagsfeier besuchen wollte. Sie nickte mir nur zu und ich machte mich auf den Weg.

Die Haustür von Tinka Buskohl schmückte ein traditioneller bunter Türkranz aus Grünzeug und Papierblumen, den die Nachbarn angebracht hatten. Ich wusste, dass auch solche Ereignisse wie das Binden eines Türkranzes immer mit dem Genuss des einen oder anderen Schnapses einherging.

Die Tür stand offen, so spazierte ich einfach hinein. Rieke, Ralfs Witwe, stand direkt am Eingang. »Emely? Ich hätte dich fast nicht erkannt, wie lange haben wir uns nicht gesehen?«

»Mein Beileid«, sagte ich und drückte ihre Hand. »Das muss eine Weile her sein, dass wir uns persönlich begegnet sind. Ich war bei eurem Jubiläum in der Firma dabei, aber du warst sicher mit anderen Dingen beschäftigt. Wie geht's dir denn?«

Sie zuckte mit den Schultern. »Ich dachte ja, meine Tochter Hanne könnte schnell kommen, aber sie hat sich das Bein gebrochen und liegt in Los Angeles im Krankenhaus.«

»Ist sie in Amerika verheiratet?«

»Ja, nein … sie war es, aber sie ist geschieden.«

»Das tut mir leid. Gerade jetzt, wo Ralf gestorben ist.« Ich strich ihr tröstend über den Oberarm.

»Ich muss da durch«, lächelte sie tapfer. »Zum Glück haben wir uns wieder angenähert, meine Tochter und ich. Das tröstet ein wenig.« Sie legte ihre Hand auf meinen Arm. »Komm rein. Tante Tinka wird sich freuen.«

Die Augen der alten Dame leuchteten, als ich sie begrüßte. »Das ist lieb von Ihnen.« Sie griff meine Hand. »Bitte gehen Sie nicht«, raunte sie, »bevor ich noch einmal mit Ihnen gesprochen habe.«

»Das geht in Ordnung«, versprach ich.

Ich nahm das Glas Orangensaft, welches mir Rieke gerade hinhielt, entgegen. »Du musst mich entschuldigen, ich geh mal eben in der Küche nach dem Rechten sehen.«

»Geh nur.« Ich ließ mich auf einer Holzbank am Fenster nieder und sah mir nach und nach die Gäste an. Viele kannte ich nur vom Sehen, einige waren mir gänzlich unbekannt.

»Da ist sie wieder, die ganze Mischpoke.«

Erschrocken wandte ich mich zur Seite. Renate hatte sich neben mich gesetzt. Mit einem Glas Rotwein in der Hand und von sich gestreckten Beinen beobachtete sie ebenfalls eingehend die Geburtstagsgesellschaft. »Fast alle haben irgendeine Leiche im Keller. Da bin ich mir ganz sicher.«

»Da spricht die Krimiautorin«, schmunzelte ich. Verstohlen sah ich auf ihre derben Schuhe, an denen noch der nasse Sand hing. »Aber du hast sicherlich recht, die meisten Menschen haben ein mehr oder weniger dramatisches Geheimnis.«

»Guck dir meinen Bruder an.« Unauffällig deutete sie mit dem Kopf zu Immo, der mit Gesa an der Glastür stand, die in den Garten führte und offensichtlich stritt. »Ich habe Gesa schon hundertmal gesagt, sie soll den Kerl in die Wüste schicken. Es ist doch nicht normal, dass eine Frau bei einem Mann bleibt, der alles vernascht, was nicht bei drei aus dem Haus gelaufen ist. Das ist doch bekloppt, oder?«

»Sie mag sicher das Leben, welches sie führt, mit allen Annehmlichkeiten«, überlegte ich und registrierte, dass Gesa ihrem Mann dezent, aber heftig ans Schienbein getreten hatte.

Renate hatte inzwischen ihren Schal gelockert. »Ich schwitz mich kaputt.« Sie sah an sich herunter. »Kein Wunder, ich habe noch dicke Wollsocken an.«

Meine Gedanken waren inzwischen zu Renates totem Bruder gewandert. »Sag mal, hast du eine Idee, wer für Ralfs Tod verantwortlich sein könnte?«

Sie wiegte den Kopf hin und her. »Ich habe auch schon überlegt, aber … nein, es gibt definitiv niemanden, dem ich das zutrauen würde. Gut, Ralf lag mit Immo fast täglich im Clinch, aber das ist ja kein Motiv für einen Mord.«

»Und andere Geschäftspartner? Eventuell war jemand nicht mit der Arbeit der Firma zufrieden und hat deshalb Ralf erschlagen?« Ich wusste, dass das absurd war, aber mir fiel im Moment nichts anderes ein.

Renate zuckte mit den Schultern. »Ich lebe ja nicht hier an der Küste und habe somit keinen intensiven

Einblick in das Geschehen hier. Wenn es in der Gesellschafterversammlung um wichtige Dinge geht, lasse ich mich per Video zuschalten, aber ansonsten habe ich keine Ahnung.«

Gesa war inzwischen in den Garten gestürmt, Immo sah ihr wütend nach. Renate war meinem Blick gefolgt und kicherte. »Dass da alles in Schieflage ist, weiß ich schon lange. Rieke und Ralf haben eine vorbildliche Ehe geführt.«

»Ich denke, ich werde mich jetzt auf den Weg machen«, meinte ich und stand auf. »Deine Tante wollte mir noch etwas sagen, da kann ich mich auch gleich verabschieden.«

Renate nickte und widmete sich einem gefüllten Glas Rotwein, welches ihr eine junge Frau hinhielt.

Tinka Buskohl hatte glühend rote Wangen, ihre Augen strahlten. Trotz allem wirkte sie erschöpft.

»Ich möchte mich verabschieden.«

»Warten Sie kurz.« Sie nickte einer Frau zu, die an uns vorbeiging. Tante Tinka bedeutete mir, mich ein wenig zu ihr herunterzubeugen.

»Können Sie mich in den nächsten Tagen noch einmal besuchen?«, flüsterte sie mir zu. »Es ist … mir liegt etwas auf dem Herzen. Mit meiner Familie möchte ich nicht darüber sprechen.«

Im ersten Moment war ich irritiert. Was könnte die alte Dame mir erzählen wollen?

»Das mache ich doch gerne«, antwortete ich, »ich rufe Sie vorher an.«

Frau Buskohl schloss kurz die Augen. »Ja, machen Sie das, meine Liebe. Ich veranlasse dann, dass der Hausschlüssel unter der Matte liegt.«

Ich war mir sicher, dass die Bitte um einen weiteren Besuch etwas mit der Familie van der Pütten zu tun hatte.

16

Selma hatte sich ganz schön ins Zeug gelegt und unzählige Ananastörtchen gebacken, die wir neben Orangensaft und Sekt auf der Theke für unsere Gäste bereitstellten. »Das ist das Richtige für eine Lesung«, verkündete unsere weltbeste Kuchenbäckerin stolz wie Bolle. »Die Zuhörer können die Törtchen in die Hand nehmen und gleich essen. Das spart uns das ganze Tellergedöns.«

Leevke und ich hatten Stühle und Tische so angeordnet, dass alle Besucher die beiden Autorinnen während der Lesung ansehen konnten, die ihren Platz auf unserem Ostfriesensofa finden würden.

Eine halbe Stunde vor Beginn der Veranstaltung kam Frau Bissinger mit den beiden Autorinnen herein. »Danke nochmal, dass Sie das möglich gemacht haben«, freute sich die Vorsitzende des Heimatvereins. »Ich hoffe, es kommen viele Zuhörer. Werbung haben wir ordentlich gemacht.« Anschließend stellte sie mir die beiden Schwestern vor, die gemeinsam diesen Roman verfasst hatten.

Sogar Teelse Wybrands, unsere Putzfee, war von

dem Besuch bei ihrer Cousine in Bremen nach Hause zurückgekehrt und sofort ins Café Kluntje geeilt.

»Ich lauf mal schnell zu Selma in die Küche«, erklärte sie mir, »ich muss doch wissen, was es Neues gibt.«

Jetzt ging es wieder los, befürchtete ich, denn Teelse war *das* Plappermaul schlechthin und schmückte jede Neuigkeit, die sie erfuhr, mit eigenen Details aus, um das Ganze, wie sie mir einmal erläuterte, interessanter zu machen.

Auch Netti kam mit ihren Teeschwestern im Schlepptau zur Lesung. Sogar Hedwig, die ewig Hinfällige, hatte es sich nicht nehmen lassen, dem Ereignis beizuwohnen. Die Damen nahmen ganz vorne Platz, um ja keinen Satz zu verpassen.

Fast hätte ich Bertus nicht bemerkt, der unauffällig in der letzten Reihe Platz genommen hatte.

Frau Bissinger begrüßte die Gäste im nun vollbesetzten Café und wies darauf hin, dass die Autoren gerne am Ende der Lesung ihre Bücher signieren und Fragen beantworten würden.

Selma und ich hatten uns zwei Stühle am Rand hingestellt und lauschten den Worten der Damen aus Emden. Überraschenderweise gefiel mir die Geschichte von der einsamen Frau, die nach Jahren der Suche ihre Schwester in Neuseeland wiedergefunden hatte.

Am Ende brandete Applaus auf, welchen Frau Bissinger mit einem zufriedenen Lächeln und permanentem Kopfnicken begleitete.

Die Ananastörtchen und die angebotenen Bücher waren im Nu weg. Sogar der Ex-Kommissar hatte sich ein Buch gekauft, um, wie er sagte, auch mal was anderes als Kriminelles um die Ohren und vor Augen zu haben.

»Du siehst ein bisschen frustriert aus, Emely«, bemerkte er, als wir uns voneinander verabschieden wollten. »Du kommst auch nicht weiter, oder?«

»Ja, leider. Alles ist irgendwie im Sande verlaufen«, entgegnete ich möglichst gelassen. Er sollte nicht merken, wie tief enttäuscht ich über den Verlauf meiner Recherchen war. »Die Tante des Opfers hat mich noch mal um einen Besuch gebeten, vielleicht ergibt sich da noch etwas Neues.«

Bertus nickte. »Ja, das kenne ich. Man läuft manchmal gegen eine Wand.«

Auch die Teeschwestern hatten je ein Buch erstanden. »Wir lesen das jetzt alle«, ordnete Franziska an, »und später können wir uns über den Inhalt unterhalten.«

Hedwig wirkte begeistert. »Wir könnten das ja so machen, wie die im Fernsehen und gründen so eine Art Buchclub.«

Tabea drehte ihr Buch hin und her. »Der Umschlag erinnert mich an ein englisches Herrenhaus.

Dazu würde ein Buchclub gut passen.«

Nur Netti ließ sich nicht zu romantischen Äußerungen hinreißen. »Lest ihr erst mal die gesamte Geschichte und dann unterhalten wir uns weiter.«

Nachdem sich der letzte Gast verabschiedet hatte, rief ich meinen Sohn an, der zufällig oben in unserer Wohnung war und bat ihn, kurz nach unten zu kommen, um zu helfen.

»Wenn es sein muss, komme ich runter«, presste Wilko zwischen seinen Zähnen hervor. Murrend half er uns, alle Tische und Stühle wieder so hinzustellen, wie es sich für einen Cafébetrieb gehört.

»Wo ist Annalotta?«, wollte ich von ihm wissen. Er zuckte nur mit den Schultern. »Bei irgendeiner Freundin. Kann ich jetzt gehen?«

»Ja, danke.« Mit mütterlichem Stolz sah ich meinem Sohn nach, der bereits einen Kopf größer war als ich.

Nach einer wohltuenden Dusche bevölkerte ich mein Sofa, schaltete den Fernseher an und dachte an den heutigen Abend. Krampfhaft überlegte ich, wie lange ich schon kein komplettes Buch mehr gelesen hatte. Es wurde Zeit, dies zu ändern. Ich hatte mir fest vorgenommen, Renates Krimi zu lesen. Ihr Pseudonym hatte ich allerdings vergessen. Netti konnte mir sicherlich weiterhelfen. Es war erst halb neun und sie war bestimmt noch nicht im Bett.

»Das war so was Englisches …«, überlegte Netti, als ich sie nach dem erfundenen Namen gefragt hatte. »Henriette … nein … Harriet, ja genau Harriet Archjohn, ja, so ist der Name.«

»Dass du dir das behalten kannst«, äußerte ich mich bewundernd. »Ich muss mir solche speziellen Namen immer aufschreiben.«

Netti lachte. »Das Zauberwort heißt Eselsbrücke. Manchmal dauert es ein bisschen, aber dann habe ich es. In diesem Fall ist das so, eine Tante von mir hieß Henriette, da ist der Sprung zu Harriet nicht weit, und bei dem Nachnamen Archjohn habe ich an den Arsch von irgendeinem John gedacht. Nicht gerade damenhaft, aber doch wirksam.«

Ich musste grinsen. Typisch Netti. »Danke, und das mit der Eselsbrücke werde ich mir merken«, versprach ich und legte auf.

Ich notierte mir sofort den Namen und nahm mir vor, am nächsten Morgen das Buch in unserer örtlichen Buchhandlung zu bestellen.

Der folgende Tag begann allerdings alles andere als fröhlich. Die Heizung im Bad leckte und setzte das ganze Badezimmer unter Wasser. Der eiligst herbeigerufene Tamme schaffte innerhalb von einer Stunde Abhilfe und ersetzte das Ventil am Heizkörper, während ich die Pfützen aufwischte.

Erst am späten Vormittag ging ich nach unten. Teelse saß bei Selma in der Küche und trank Tee. »Moin Emely, ich habe mal alle Bücherborde abgestaubt, da war zentimeterdicker Staub drauf.«

Selma pustete sich eine Strähne aus dem Gesicht,

während sie mit ihren muskulösen Armen einen dicken Teigklumpen knetete. »Na, so schlimm war es bestimmt nicht. Emely hat während deiner Abwesenheit auch mal den Putzlumpen geschwungen.«

»Aber nicht so gründlich wie Teelse«, musste ich zugeben und klopfte Teelse auf die Schulter. »Ich bin heilfroh, dass du wieder da bist.«

Der Teigklumpen wanderte jetzt auf ein riesiges Holzbrett und wurde von unserer Kuchenbäckerin unter Mithilfe eines Nudelholzes gnadenlos in die Breite gezerrt. »Wisst ihr, mit welcher Erfindung man bestimmt ein Vermögen verdienen könnte?« Sie grinste uns breit an. »Wenn man den Staub durchsichtig machen könnte. Millionen von Hausfrauen wären bis in alle Ewigkeit dankbar dafür.«

»Wieso Hausfrauen?«, bemerkte ich. »Alle Arbeiten im Haushalt, gehen auch Männer etwas an. Das hat sich zum Glück gegenüber früher geändert. Ich sage nur: Emanzipation.«

»Da hast du vollkommen recht«, nuschelte Selma und warf das Nudelholz ins Spülbecken, »aber aktuelle Studien sagen, dass das männliche Geschlecht aus irgendwelchen unerfindlichen Gründen den Staub gar nicht sieht, auch wenn er pottschwarz ist. Also deswegen brauchen wir für die keinen durchsichtigen Staub. Weil es nichts nützen würde.«

»Das stimmt«, bestätigte Teelse, »Männer können auch keine herumliegenden Socken und schmutziges Geschirr sehen. Da ist bestimmt im Gehirn der Herren, die dafür zuständige Region verstopft.« Die beiden Frauen begannen eine heftige Diskussion darüber, wie man diesen Mangel beheben könnte.

Ich verzog mich währenddessen in mein Büro. Als Erstes bestellte ich mir Renates Buch in unserer Buchhandlung und sichtete anschließend meine Post. Elaine hatte eine Postkarte aus Griechenland geschickt. Noch immer schwärmte sie in den höchsten Tönen von ihrem Chefarzt und von der milden Oktobersonne. Sie fühle sich wie Mitte zwanzig und hätte einen Elan, der schon beängstigend wäre. Ich war gespannt, wie lange dieser hormonelle Höhenflug anhalten würde.

Mein Blick fiel lustlos auf die noch zu bearbeitenden Rechnungen. Vielleicht könnte ich stattdessen Frau Buskohl heute Nachmittag besuchen? Es brannte mir unter den Nägeln, zu wissen, was so wichtig war, dass Ralfs Tante mir, einer fast Fremden, zu erzählen hatte.

Ich ließ es lange läuten, aber die alte Dame nahm nicht ab. Vielleicht machte sie ein Morgen-Nickerchen und hörte das Klingeln nicht. Aber auch mein Anruf eine Stunde später blieb erfolglos. Sofort wählte ich Gesas Nummer.

»Tante Tinka ist im Krankenhaus«, teilte sie mir mit, »ihr Kreislauf hat schlappgemacht. Sie hat mir aber gesagt, dass sie dich noch mal eingeladen hat.«

Sie schnaufte ein wenig. »Wieso überhaupt?«

»Ganz genau weiß ich das auch nicht. Vielleicht will sie sich nur unterhalten?«

»Ist ja auch egal.« Gesa klang beleidigt. »Ihr geht es gut und wenn du unbedingt willst, kannst du heute Nachmittag zu ihr.«

»In welchem Krankenhaus liegt sie denn?«

»In Wittmund. Die Zimmernummer habe ich vergessen.«

Ehe ich mich bedanken konnte, hatte sie schon aufgelegt.

»Zweiter Stock, Zimmer 212«, teilte mir der Pförtner des Wittmunder Krankenhauses am Nachmittag mit. »Der Aufzug ist da hinten links.«

Zum Glück blieb mir eine Bergwanderung in den zweiten Stock erspart, obwohl ich eigentlich aus gesundheitlichen Gründen das Treppenhaus benutzen müsste.

Auf mein Klopfen am Krankenzimmer ertönte ein zartes »Herein.«

Das Gesicht der Patientin strahlte, als sie mich sah. »Frau Petersen, das freut mich aber.« Sie zeigte auf den Strauß Schnittblumen, die ich in der Hand hielt. »Das ist aber lieb von Ihnen.«

»Geht es Ihnen denn wieder besser?«

»Ja, viel besser.« Sie deutete auf die Blumen. »Sehen Sie mal in dem Schränkchen unter dem Waschbecken nach, da müsste noch eine Vase stehen.«

Es roch nach Zitrone und Desinfektionsmittel. Die Blumen stellte ich auf Tante Tinkas Nachttisch und setzte mich an ihr Bett. »Ich hatte Ihnen ja versprochen, vorbeizukommen.«

»Ja, ich hatte Sie gebeten, weil …« Sie schob ihre schmale Hand in meine Richtung. »Es ist etwas, was ich meinen Neffen und meiner Nichte nicht erzählen kann. Ich hatte Ralf versprochen, niemandem, aber auch wirklich niemandem davon zu erzählen.« Mit Hilfe des Griffes, der über dem Bett baumelte, schob sie sich ein wenig nach oben und saß nun aufrecht im Bett. »Wissen Sie, ich habe mir fest vorgenommen, die Geschichte mit ins Grab zu nehmen, aber in Anbetracht der Ereignisse kann ich mich nicht mehr an mein Versprechen gebunden fühlen. Außerdem denke ich, dass es irgendwann sowieso rauskommt.«

»Hat es etwas mit Ralfs Tod zu tun?«

»Ja, das könnte sein … ich weiß es nicht.«

»Vielleicht erzählen Sie mir einfach, was passiert ist und dann sehen wir weiter«, schlug ich vor.

Frau Buskohl nickte zustimmend und holte tief Luft. »Es war ungefähr zwei Tage vor seinem Tod, als Ralf plötzlich bei mir auftauchte …«

17

»Was machst du denn hier?«, wollte Tinka Buskohl von ihrem Neffen wissen, der unvermittelt vor ihrem Sessel stand.

»Deine Haushaltshilfe ist gerade weggegangen und hat mich reingelassen.«

Die alte Dame lächelte. »Ich freu mich über den unerwarteten Besuch. Setz dich zu mir.«

Ralf nickte, zog sich einen Hocker heran und setzte sich neben seine Tante. »Es ist … ich brauche deinen Rat.«

»Ach Ralf, quält dich die Sache mit deinem kleinen Bruder noch immer? Das ist doch schon so lange her und du warst doch noch ein Kind.«

Er schüttelte den Kopf. »Nein, es ist etwas anderes.«

»Dann raus damit.« Tinka Buskohl nickte ihrem Neffen aufmunternd zu.

»Vielleicht kannst du dich noch an die Zeit erinnern, als unsere Tochter ausgezogen und für ein Jahr nach Amerika gegangen ist?«

»Ja, daran kann ich mich gut erinnern«, bestätigte Tinka, »auch dass sie nie zurückgekehrt ist und stattdessen einen Amerikaner geheiratet hat. Ihr wart ziemlich sauer damals.«

»Ja, das war seltsam, als unsere Tochter so weit weg war. Rieke und ich hatten zu dieser Zeit nicht gerade das beste Verhältnis«, erzählte Ralf weiter, »ich will ihr aber keineswegs die Schuld daran geben, dass …«

»Für was gibst du ihr nicht die Schuld?«

»Wir haben gestritten und uns angeschrien. Rieke war so schlecht gelaunt und hat …«

»Ralf«, unterbrach ihn Frau Buskohl, »komm zur Sache, was hast du gemacht?«

»Na gut.« Nervös knetete Ralf seine Hände. »Ich war damals in Oldenburg bei meinem Autohändler. Irgendetwas war mit der Klimaanlage. Der Chef heißt Florian Unkelhäuser, wir kannten uns schon lange.«

Ralf stand auf und lief unruhig im Zimmer auf und ab. »Du weißt ja, wie das ist mit den Autos. Wir fingen an zu fachsimpeln, er zeigte mir die neuesten Modelle. Es war spät geworden. Florian hielt es für eine gute Idee, wenn wir zusammen zum Griechen gehen würden, einfach so, ohne jeglichen Anlass. Ich habe nicht lange überlegt. Was sollte ich zu Hause bei meiner missgelaunten Frau?«

»Und so bist du mit diesem Florian essen gegangen?« Tinka schüttelte den Kopf. »Aber Junge, das ist ja nun wirklich kein Verbrechen.«

»Nein, das nicht.« Ralf setzte sich wieder. »Seine Schwester Astrid war ebenfalls dabei. Sie arbeitete in Florians Unternehmen. Sie ist mindestens fünfzehn Jahre jünger als ihr Bruder.«

»Ich ahne was«, stöhnte Frau Buskohl, »du hast dich verguckt?«

»Ich weiß wirklich nicht mehr genau, was passiert ist. Wir haben getrunken, gelacht und viel Spaß gehabt. Du glaubst gar nicht, wie gut mir das nach der ganzen Zankerei mit Rieke getan hat«, seufzte Ralf. »Eine Woche später bin ich wieder nach Oldenburg, unter dem Vorwand, mir noch mal die neuesten Modelle der Autos anzusehen. In Wirklichkeit wollte ich Astrid wiedersehen.«

Die alte Dame tätschelte die Hand ihres Neffen. »Ich bin zwar schon so alt, aber ich kann mir gut vorstellen, dass du dich geschmeichelt gefühlt hast.«

»Das war es wohl«, bestätigte Ralf. »Sie lud mich zu einem Eis ein, wir schlenderten noch eine Weile durch die Fußgängerzone und redeten über Gott und die Welt.«

»Das sind ja alles Dinge, die du deiner Frau ruhig hättest erzählen können.«

»Habe ich aber nicht. Es wäre auch weiter nichts passiert, wenn Astrid nicht in Bensersiel ein paar Tage mit ihrer Freundin Urlaub gemacht hätte. Es gab wohl heftigen Streit zwischen den beiden Frauen und die Freundin ist wutentbrannt abgereist.«

»Und dann hat sie dich angerufen.«
»Woher weißt du das?«
»Das ist doch irgendwie logisch, oder?«
Ralf wirkte ziemlich geknickt. »Ich bin sofort los und habe Ava Terveer bei meiner Frau anrufen lassen. Sie sollte ihr ausrichten, dass ich dringend wegmüsse und dass es spät werden könnte.«
»Und dann bist du die ganze Nacht weggeblieben, stimmt's?«
»Rieke hat mir geglaubt, dass mein Auto liegengeblieben ist und ich gezwungen war, die Nacht über in einer Pension zu verbringen.«
»Und von da an habt ihr euch regelmäßig getroffen?«
»Ja, das ging alles ohne Probleme. Rieke war so damit beschäftigt, ihr neues Leben zu planen, mit Malkurs, Ikebana und so Sachen, was Frauen machen, wenn sie nichts mit sich anzufangen wissen.«
»Wie lange ist das jetzt her?«
»Ungefähr elf Jahre.«
»Und deshalb hast du noch heute ein schlechtes Gewissen?«
»Deshalb nicht, aber um es kurz zu machen, Astrid und ich haben eine gemeinsame Tochter.«
»Auweia, das ist allerdings Schiete.« Tante Tinka war verblüfft.
»Ja, du sagst es. Rieke weiß bis heute nicht darüber Bescheid. Ich habe die Vaterschaft selbstverständlich anerkannt, regelmäßig Unterhalt bezahlt und

mich auch sonst um meine Tochter gekümmert.«

»Aber das hätte Rieke doch merken müssen?«

»Um Geld hat sie sich nie gekümmert. Und wenn ich nach Oldenburg gefahren bin, habe ich einfach einen Auswärtstermin bei einem Kunden vorgeschoben. Noch nicht mal Immo hat etwas bemerkt.«

Frau Buskohl sah ihren Neffen an. »Ich muss das erst mal verdauen. Kannst du mir aus der Küche ein Glas Wasser holen?«

»Selbstverständlich.« Ralf sprang auf und kam mit einem Glas Wasser zurück.

Gierig trank seine Tante und reichte ihm das leere Glas. »Ich habe aber immer noch nicht verstanden, welchen Rat du von mir benötigst.«

»Es gibt ein Problem. Ich denke, Florian hat seine Schwester darin bestärkt, dass ich Alina auch offiziell als meine Tochter anerkenne und in unsere Familie einführe. Astrid hat sich etwas zurückgehalten, aber ihr Bruder ist der Ansicht, dass die Lütte auch ein Anrecht auf eine gewisse finanzielle Sicherheit hätte. Er setzt mich seit zwei Jahren sehr unter Druck und hat mir gedroht, einen Anwalt zu beauftragen, der die Rechte seiner Nichte wahrnehmen würde.«

»Er will, dass du das Kind mit in deine Firma und Familie nimmst?«

»Ja, das hat er gefordert. Bei meinem letzten Besuch in Oldenburg ist er sogar handgreiflich geworden. Er war zufällig zu Besuch bei seiner Schwester.

Zu Astrids Leidwesen begann er direkt zu streiten und hat mit einer Teekanne nach mir geworfen. Astrid hat ihn sofort rausgeschmissen. Aber du kannst dir ja denken, dass ich Befürchtungen habe, was da noch kommen könnte.«

»Und was denkst du, würde Rieke sagen, wenn du plötzlich mit einem Kind vor ihr stehst?«

»Sie würde mich sofort verlassen, das weiß ich genau.«

»Da ist guter Rat teuer.« Tante Tinka zuckte mit den Schultern. »Ich weiß jetzt auch nicht, wie du das Problem aus der Welt schaffen kannst, zumal es ja noch das Kind gibt.«

Mit beiden Händen fuhr sich Ralf durch die Haare. »Ja, es gibt keine endgültige Lösung für mein Problem, aber es hat gutgetan, mit jemandem darüber zu reden.«

»Meine Großmutter hat immer gesagt, reden ist der Schlüssel zur Lösung eines Problems. Du solltest noch mal ganz in Ruhe mit diesem Florian reden, abseits des Alltags und ohne Ablenkung. Du wirst sehen, das hilft sicher.«

»Ach Tante Tinka«, sagte Ralf und beugte sich zu seiner Tante herunter. »Ich wusste, dass du einen Weg findest.« Er strich ihr über ihre schmale Wange. »Ich werde ihn noch heute Abend anrufen und um ein Gespräch bitten.«

18

»Selbst Ralf, der sonst so besonnene Mann, hatte offensichtlich auch seine schwachen Momente«, seufzte Tinka Buskohl, als sie geendet hatte. Sichtlich angeschlagen ließ sie sich in ihr Kissen fallen.

»Haben Sie mit ihm noch mal darüber gesprochen?« Die Geschichte hatte mich mehr als überrascht. »Wer hätte gedacht, dass Ralf so ein Geheimnis vor seiner Umgebung verbergen konnte?«

»Darüber habe ich später auch nachgedacht«, murmelte Frau Buskohl. »Er muss sehr geschickt vorgegangen sein, dass noch nicht mal Immo dahintergekommen ist.« Ein Lächeln umspielte ihren Mund. »Immo ist ein Schlitzohr. Er riecht normalerweise solche Ungereimtheiten meilenweit gegen den Wind.«

»Und hat Ihr Neffe, ich meine Ralf, hat er Ihnen später gesagt, ob er sich mit dem Onkel seiner Tochter getroffen hat?«

»Nein, erzählt hat er nichts. Er ist ja zwei Tage später gestorben, daher hatte ich keinen Kontakt mehr mit ihm.« Ihr Gesicht wurde weiß. Sie dachte sicherlich das Gleiche wie ich, nämlich dass ein eventuelles Treffen mit dem Autohändler etwas mit Ralfs Tod zu tun haben könnte.

Ich bemerkte, dass die alte Dame müde war. Sie wischte sich ein paar Mal über ihre Stirn und sah an mir vorbei ins Leere. Leise schob ich meinen Stuhl wieder unter den Tisch und reichte ihr die Hand. »Ich hoffe, Sie sind ein wenig erleichtert, nachdem Sie diese Dinge losgeworden sind.«

Sie nickte. »Wenn Sie damit etwas anfangen könnten, wäre ich froh. Normalerweise müsste ich der Polizei davon erzählen, aber das ist mir wirklich zu viel.«

Die Schwester kam herein und verabreichte Frau Buskohl ihre Medikamente. Für mich war es ohnehin Zeit, mich zu verabschieden.

Bevor ich losfuhr, rief ich bei Leevke im Café an. »Alles in Ordnung, Emely«, teilte sie mir gutgelaunt mit, »Selma ist schon nach Hause gegangen und ich mach hier noch klar Schiff.«

»Dann kann ich ja noch etwas unternehmen. Bis morgen Früh«, freute ich mich, zufrieden darüber, an diesem Abend keine Verpflichtungen mehr zu haben. Spontan wählte ich Roswithas Nummer. »Bist du schon zu Hause?«, wollte ich von ihr wissen, als sie sich meldete.

»Klar, komm vorbei, wenn du willst.«

Genau das wollte ich hören. Eine halbe Stunde

später klingelte ich an ihrer Wohnungstür. Sie trug einen bunten Kimono, den sie um ihre dünne Figur drapiert hatte. »Komm rein. Ich habe noch schnell geduscht.«

Ich folgte ihr in die Küche und setzte mich an den Tisch. Roswitha füllte den Wasserkocher und stellte Tassen auf den Tisch. »Tee wird dir guttun. Du siehst ein wenig lädiert aus.«

»Ist Renate noch bei euch im Hotel?« Sollte ich Roswitha von Tinka Buskohls Erzählung berichten? Nein, lieber nicht. Vielleicht spielte diese Tatsache bei seiner Ermordung überhaupt keine Rolle, ich wollte der Sache aber auf alle Fälle nachgehen.

»Klar, sie hat sich ordentlich breitgemacht«, antwortete die Hausdame. »Jeden Vormittag lauert sie im Frühstücksraum und hofft, ein Opfer für eine kurze Lesung zu finden.«

»Ich habe mir das Buch bestellt«, erzählte ich, »bin gespannt, wie sie so schreibt.«

Sie füllte unsere Tassen mit Tee, raffte ihren Kimono zusammen und setzte sich mir gegenüber. »Ich habe gestern zufällig Gesa getroffen. Sie trägt sich jetzt mit dem Gedanken, ihren Mann zu verlassen.«

»Wie kommt das denn? Ihr lag doch so viel an ihrem gehobenen Lebensstil.«

Roswitha zuckte mit den Schultern. »Sie hat sowas angedeutet, dass Immo bald über eine Menge

Geld verfügt. Da würde sie als seine Ehefrau im Rahmen einer Abfindung bestimmt ein ordentliches Sümmchen abbekommen.«

»Wenn sie sich da mal nicht täuscht«, warf ich sachlich ein, »wenn es um die Firma geht, ist das gar nicht so sicher, dass Gesa davon etwas abbekommt.«

»Kann sein.« Mit spitzen Lippen nippte Roswitha an dem noch heißen Tee. »Willst du Schokolade?«

Ohne dass ich es wollte, nickte ich. Schokolade war Nervennahrung, und die benötigte ich immer.

»Wieso isst du denn was Süßes? Das kenne ich gar nicht von dir.« Gierig biss ich in den Riegel, den mir Roswitha reichte. »Ich könnte sterben für so was Leckeres.«

»Mein Hausarzt hat mir nahegelegt, dass ich doch ein paar Kilo zunehmen sollte. Mein Blutdruck ist dauernd im Keller. Er meint, deswegen würde ich immer so frieren.«

Ich seufzte tief und ausgiebig. »Das Problem hätte ich auch gerne mal.«

Wir redeten noch eine Weile über Gesundheit, Urlaub und sonstigen Kram. Meine Gedanken waren aber nicht mehr ganz bei der Sache.

»Sag mal«, wechselte ich unvermittelt das Thema, »hast du morgen Zeit? Ich müsste mal nach Oldenburg, in ein Autohaus.«

Entsetzt stellte sie ihre Tasse ab. »Du willst doch nicht etwa deinen Bulli verkaufen?«

»Nein, niemals. Den hat Gero doch noch gekauft.« Ich betete, dass der VW-Bus ewig halten würde, denn das war etwas, was mich immer wieder an meinen verstorbenen Mann erinnerte. Niemals würde ich es übers Herz bringen, dieses Auto zu entsorgen.

»Nein, das nicht, aber wie du ja weißt, versuche ich immer noch, die Hintergründe von Ralfs Tod zu ergründen. Deshalb muss ich in das Autohaus.«

»Ich brauche dich ja nicht zu fragen, was der genaue Grund dafür ist, oder?«

»Besser nicht. Kannst du mitkommen? Das wäre etwas unauffälliger, als wenn ich alleine da auftauche.«

»Warte mal.« Sie nahm ihr Handy. »Ich gucke kurz auf meinen Dienstplan. Ja, ich könnte den Dienst morgen Nachmittag mit Frauke tauschen. Die macht das auf alle Fälle.« Sie legte ihr Telefon weg. »Du kannst mich mittags beim Hotel abholen.«

»Das ist nett von dir«, bedankte ich mich und reichte ihr meine leere Teetasse.

19

»Ich habe dir was auf den Schreibtisch gelegt«, informierte mich Leevke am nächsten Morgen. »Das hat ein Bote von der Buchhandlung abgegeben.«

»Das ging aber schnell.«

»Hast du dir ein Buch bestellt?«

»Ja, es wird Zeit, dass ich wieder mal was lese.«

Leevke lächelte. »Sollte ich auch wieder mal machen.« Sie drehte sich zu Teelse um, die in einem Journal blätterte. »Was ist mit dir?«

»Ich guck mir ja lieber Serien im Internet an«, verkündete diese, »am liebsten Arztserien. Die sind so richtig spannend. Da geht es oft um Leben und Tod.« Sie legte das Heft zur Seite und bearbeitete nun hingebungsvoll unsere Fensterbänke.

»So eine Sau«, schrie sie plötzlich. »Wenn ich den erwische!« Verärgert stemmte sie ihre Hände in die Hüften.

»Was ist denn jetzt wieder?«, fragten Leevke und ich wie aus einem Munde.

Teelse zeigte auf einen angetrockneten Kaugummi, der am unteren Rand des Pilsumer Leuchtturms aus Keramik klebte. »Sie sollen den Kram entweder runterschlucken oder ins Klo werfen.«

»Ja, das kommt leider vor«, bedauerte ich. »Es gibt eben Leute, die sich nicht benehmen können.«

»So ein Schweinkram.« Mit spitzem Fingern nahm Teelse den Stein des Anstoßes und verfrachtete ihn in den Mülleimer.

Ich überließ unserer Putzfee das Feld und ging ins Büro, um dort das Buch von Renate auszupacken. Es war ziemlich dick. Neugierig las ich die ersten Seiten. Erstaunlicherweise passte der geschliffene Schreibstil überhaupt nicht zu der ländlich geprägten Renate. Man sollte also nie nach dem Äußeren gehen, sondern immer hinter die Fassade gucken.

Und genau das hatte ich ja vor, und zwar bei der Firma *Unkelhäuser* in Oldenburg.

Roswitha stand schon vor dem Hotel, als ich gegen Mittag dort eintraf. Sie zog sich an dem Haltegriff auf den erhöhten Sitz des Bullis und stöhnte zum Gotterbarmen. »Wenn der Sitz einen Stock tiefer wäre, könnte man ihn besser erreichen.«

»Das hält dich jung«, entgegnete ich ungerührt, fuhr aus Neuharlingersiel raus und über die A 29 Richtung Oldenburg.

»Wo müssen wir denn genau hin?«

»Nach Ofenerdiek, da ist die Firma Unkelhäuser ansässig.«

»Wenn du mir jetzt noch verrätst, wie ich dir behilflich sein kann, wäre das sicherlich von Vorteil.«

Energisch zog Roswitha ihren leichten Wollschal fester um ihren Hals. »Hier zieht es irgendwo.«

»Warte, ich drehe die Lüftung herunter.« Die Klimaanlage würde das Auto jetzt auf leckere 22 Grad aufheizen und mich unweigerlich ins Schwitzen bringen. »Gleich wird dir warm.«

»Also, was ist jetzt?«

Ich wusste genau, was sie meinte. »Also gut. Der Inhaber des Autohauses hat eine Schwester und die hat ein Kind mit Ralf van der Pütten.«

»Ach du Scheiße«, rief Roswitha und hielt sich am Haltegriff fest. »Woher weißt du das?«

»Ralfs alte Tante hat mir das erzählt.«

»Vielleicht ist sie ein wenig durcheinander oder hat da was verwechselt«, gab sie zu bedenken. »Ich meine, in dem Alter.«

Ich schüttelte den Kopf. »Das glaube ich nicht. Dazu kannte sie zu viele Einzelheiten. Die Schwester des Inhabers arbeitet ebenfalls in dem Autohaus.«

»Und was genau erhoffst du dir von dem Besuch bei der Kindsmutter?«

»Eigentlich weiß ich das nicht so genau«, gab ich zu, »ich verlasse mich in solchen Fällen immer auf meine Eingebung.«

»Meine Eingebung sagt mir gerade, dass wir an der nächsten Ausfahrt rausmüssen. Da geht es nämlich nach Ofenerdiek.«

»Woher weißt du das?«

»Steht auf dem Schild«, grinste Roswitha. »Ich bin ja sowas von gespannt.«

»Ich auch, das kann ich dir versichern.«

Wir fanden die Firma Unkelhäuser auf Anhieb und parkten etwas weiter weg auf der Straße. »Die brauchen ja nicht gleich mitbekommen, dass wir mit einem alten VW-Bus hier sind.«

»Komm, wir gehen einfach rein und tun so, als ob wir uns für einen neuen Wagen interessieren«, schlug Roswitha vor. Ohne eine Antwort abzuwarten, stürmte sie in den großzügigen Verkaufsraum. Mindestens fünfzehn nagelneue und hochwertige Autos standen akkurat aufgereiht auf dem weißen Fliesenboden. Auf der linken Seite befand sich ein Tresen, hinter dem eine etwa vierzigjährige Frau saß. Sie hob den Blick.

»Moin. Es kommt gleich jemand.« Sie griff zum Telefon. »Florian, kannst du bitte nach vorne kommen. Kundschaft.« Sie legte auf. »Schauen Sie sich nur um. Der Chef kommt gleich.«

»Sehr gerne«, säuselte Roswitha und schritt mit wissbegieriger Miene an den Fahrzeugen entlang.

»Moin«, strahlte der herbeigeeilte Chef und sah uns dienstbereit an.

»Ich trage mich mit dem Gedanken, mir ein Cabriolet anzuschaffen«, übernahm Roswitha sofort das Wort und zwinkerte mir zu.

»Ah ja, da kann ich Ihnen behilflich sein.« Der

Autohändler wies sie nacheinander in die Vorzüge und Eigenschaften der jeweiligen Ausführung ein, während ich mich unauffällig umsah.

Das war also der Unkelhäuser, überlegte ich und die Dame hinter dem Tresen seine Schwester? Möglich wäre es, auf alle Fälle hat sie ihn geduzt.

Interesse heuchelnd nahm ich einen Hochglanzprospekt und blätterte darin. Das Telefon klingelte und die Frau hinter dem Tresen meldete sich mit dem Namen *Astrid Unkelhäuser.*

Also war sie die Schwester des Inhabers und somit die Mutter von Ralfs Tochter.

Roswitha saß inzwischen in einem dunkelroten Cabriolet und ließ sich sämtliche Instrumente und Anzeigen des teuren Schlittens aufs Genaueste erklären.

Den Prospekt legte ich wieder in die Ablage zurück und sprach Frau Unkelhäuser an. »Entschuldigen Sie bitte, haben Sie eine Kundentoilette?«

»Selbstverständlich. Hier gleich den Gang runter und dann links.«

»Danke.« Ich marschierte in die angegebene Richtung. In einem Büro, dessen Tür offen stand, saß eine Mitarbeiterin und telefonierte. Dann gab es nur noch einen Abstellraum und eine Teeküche, auf deren Tisch ein voller Aschenbecher stand. Da ich schon mal hier war, benutzte ich auch die Örtlichkeiten und marschierte anschließend wieder Richtung Verkaufsraum.

Die gläserne Eingangstür wurde aufgestoßen und eine ältere Dame und ein Kind kamen herein.

»Mama, sieh nur, was mir Hannelore geschenkt hat.« Freudig stürmte die Kleine auf Astrid zu und hielt ihr ein kleines rosafarbenes Mäppchen hin. Das Mädchen war ungefähr zehn Jahre alt und Ralf wie aus dem Gesicht geschnitten.

Astrid Unkelhäuser umarmte ihre Tochter. »Alina, wie war es in der Schule?«

»Blöd«, maulte das Mädchen, »ich habe im Diktat eine Vier. Jetzt habe ich Durst.«

Hannelore, Astrid und das Kind entfernten sich Richtung Teeküche.

Wenigstens konnte ich so gut wie sicher sein, dass Tante Tinka da nichts durcheinandergebracht hatte. Diese Ähnlichkeit konnte kein Zufall sein.

Suchend sah ich mich nach Roswitha um. Entspannt saß sie mit Unkelhäuser in dessen gläsernem Büro und lachte glucksend.

»Stell dir vor Emely, Herr Unkelhäuser hat mir ein Angebot für das rote Cabriolet gemacht, das ich kaum abschlagen kann.« Sie wedelte mit einem Blatt Papier vor meiner Nase herum.

Ich merkte, wie ich blass wurde. Roswitha war ziemlich spontan, das wusste ich, aber sie würde doch nicht wirklich …?

Herr Unkelhäuser schob seine Brille mit dem Zeigefinger nach oben. »Wegen der Konditionen … Ich lehne mich damit sehr weit aus dem Fenster.«

Er deutete auf das Blatt Papier, welches Roswitha jetzt zusammengefaltet hatte.

»Ich bedanke mich bei Ihnen«, säuselte die Hausdame, »aber Sie werden verstehen, dass ich das Ganze noch mal überschlafen möchte. Das ist ja schließlich kein Pappenstiel.«

Erleichtert atmete ich aus und registrierte erfreut, dass sich Roswitha aus dem Lederstuhl erhoben hatte.

»Wissen Sie was, Herr Unkelhäuser?« Sie reichte ihm die Hand. »Ich werde Sie bald wieder aufsuchen. Ich wohne ja nicht weit weg.«

Er räusperte sich umständlich. »Ich würde mich freuen … Von wo kommen Sie?«

»Wir kommen aus Neuharlingersiel.« Das Dokument ließ Roswitha in ihre Handtasche gleiten. »Waren Sie schon mal dort?«

»Eher nicht«, beeilte er sich zu sagen, und geleitete uns zur Tür.

Ich hätte schwören können, dass Unkelhäuser bei der Erwähnung unseres Heimatortes ein wenig zusammengezuckt war.

20

»Ich hatte mal eine Freundin«, erzählte Harm gutgelaunt, »die hatte immer diese Wochentags-Unterhosen an.« Elegant ließ er vier Stück Würfelzucker in seinen Kaffee fallen, den ich den beiden Ortspolizisten gerade gebracht hatte.

»Wochentags-Unterhosen? Was ist das denn?«, fragte ich verwundert nach.

Sigi schüttelte den Kopf. »Habe ich auch noch nie gehört.«

»Kennt ihr nicht?«, grinste Harm. »Das sind Unterhosen, auf denen der jeweilige Wochentag aufgedruckt ist.«

»Wie … was ist das denn für ein Quatsch?« Sigi tippte sich an die Stirn.

Harm lehnte sich zurück und legte seine Handflächen gegeneinander. »Ist doch ganz einfach. Das sind Packungen mit sieben von den Dingern und da steht was drauf, und zwar alle Wochentage. Montag, Dienstag und so weiter …«

Sigi schüttelte den Kopf. »Irgendwie bekloppt.«

»Das kannst du laut sagen«, stimmte ihm Harm zu und warf noch zwei Würfelzucker hinterher.

Ich verstand noch nicht ganz, wie das genau funktionierte. »Und die Frauen haben sich genau daran gehalten? Ich meine die Reihenfolge und den dazugehörigen Wochentag?«

»Selbstverständlich. Jedenfalls hat meine Freundin die Reihenfolge strikt befolgt. An einem Abend, es war schon etwas später, hatte ich sie angerufen und ganz spontan zum Essen eingeladen, aber sie musste absagen, weil sie den aktuellen Dienstag nach der Dusche schon in die Wäsche gegeben hatte. Deshalb konnte sie nicht mitgehen.«

Die beiden Männer klagten sich nun ihr jeweiliges Leid bezüglich der Damenwelt und der damit einhergehenden missglückten Essenseinladungen.

Ich hörte nur mit einem Ohr zu. Mich beschäftigte etwas ganz anderes, nämlich die Frage, ob dieser Unkelhäuser als Täter infrage kam. Wenn man die erfahrene Kränkung, dass seine Nichte nicht in die angesehene und gutsituierte Familie van der Pütten eingeführt worden war, als Motiv ansah, konnte das durchaus sein. Gekränkte Eitelkeit hatte sich schon oft als Mordmotiv herausgestellt. Außerdem ging es dabei sicherlich auch um Geld.

Ich überließ die Herren ihrem Schicksal und ging zu Selma in die Küche. Sie hatte mich am Morgen gebeten, ihre neueste Kreation zu verkosten.

»Hier, probier mal.« Sie hielt mir einen Teller hin, auf dem ein Stück Schokoladenkuchen lag. »Ist das was Neues?«

Sie verschränkte ihre kräftigen Arme vor ihrem nicht weniger kräftigen Busen. »Du wirst es sehen.«

Selma hatte mich noch nie enttäuscht. Tatsächlich, die dunkle Schokolade und ein leicht herber Geschmack gaben dem Kuchen eine besondere Note. »Das ist gut, sehr gut sogar. Was ist das?«

»Schokokuchen mit Chili«, verkündete unsere weltbeste Kuchenbäckerin nicht ohne Stolz. »Ich habe das Rezept ein wenig abgewandelt, da ist noch ein Hauch Ingwer mit drin.«

»Und hast du auch schon einen Namen für den Kuchen?«

»Na ja«, murmelte Selma und strich ihre Schürze glatt. »Was hältst du von Scharfe Biene?«

»Meinst du das ernst?« Ich kannte Selmas Fantasie, wenn es um Namen für ihre wunderbaren Torten ging. »Wie ist dir das denn eingefallen?«

»Ist doch logisch: Die Schokolade ist süß und das Chili scharf.«

»Das macht Sinn«, bestätigte ich, »also, lass dich nicht aufhalten.« Schmunzelnd verließ ich Selmas Reich.

Die Teeschwestern hatten schon an ihrem angestammten Tisch Platz genommen und bei Leevke ihre Bestellung aufgegeben.

»Die wissen auch nicht mehr, was sie schreiben sollen«, empörte sich Tabea gerade, als ich an den Tisch trat. »Jetzt fangen die doch tatsächlich an und drucken in der Zeitung Berichte über Sex ab.«

»In unserer Tageszeitung?« Franziska dachte offensichtlich, sie hätte sich verhört.

Hedwig war puterrot geworden. »Ich habe es heute Morgen auch gesehen. So ein Schweinkram. Mein Mann musste die Zeitung sofort entsorgen.«

»Wieso regt ihr euch auf?« Netti sah ihre Freundinnen an. »Das ist doch alles ganz normal, was da steht.« Jetzt grinste sie und zwinkerte mir zu. »Wir haben das doch früher auch gemacht, und an der Art der Tätigkeit hat sich seit Adam und Eva nichts geändert.«

»Also Netti«, empörte sich die prüde Hedwig, »wie kannst du nur so reden … hier in der Öffentlichkeit.«

»Hört mal ihr Lieben«, unterbrach ich die Diskussion, »habt ihr noch etwas Außergewöhnliches von Ralf und Immos Familie mitbekommen?«

»Gesa war im Nagelstudio«, berichtete Franziska, »grellrot hat sie sich die Nägel lackieren lassen. In dem Alter kann man das überhaupt nicht machen.«

»Kann bei alten Händen schnell nuttig aussehen«, stimmte ihr Netti zu. Tabea und Hedwig sahen beschämt zum Boden.

»Mit euch ist aber überhaupt nichts los«, tadelte meine Schwiegermutter ihre Freundinnen. »Wo lebt ihr denn? Lasst nur den Fernseher aus, sonst müsst ihr euch die Augen verbinden. Was man da so alles zu sehen bekommt!«

Den Rest des Tages verbrachte ich mit Büroarbeit, die ich gut und gerne immer vor mir herschob. Zahlen waren für mich unheimliches Machwerk. Nur mit größter Konzentration konnte ich eine reguläre Buchhaltung und finanzielle Übersicht in meinem Unternehmen garantieren. Dass ich mich nur allzu gerne von kriminellen Dingen in den Bann ziehen ließ, musste ich mir insgeheim immer wieder eingestehen.

Zur Entspannung nahm ich ein Kräuterbad, legte meinen Kopf auf ein Handtuch und überlegte krampfhaft, ob ich nicht mal in Urlaub fahren sollte. Man sagt ja, ein Ortswechsel entspannt und entlüftet das Gehirn. Vielleicht könnte ich Roswitha fragen? Zu zweit machte das bestimmt mehr Spaß. Aber wahrscheinlich würde sich das schwierig gestalten, denn Roswitha, dünn wie eine Spaghettinudel, fror meistens wie ein Schneider. Sie würde mit Sicherheit die südliche Sonne bevorzugen. Ich hingegen bekam schon Schwitzanfälle, wenn ich nur einen Sonnenstrahl sah. Der Winter war sowieso meine Lieblingsjahreszeit, denn dann konnte ich unter der dicken Kleidung meine Speckröllchen verbergen.

Eine Stunde später, ich war gerade auf meinem Sofa eingeschlummert, rief Bertus an.

»Emely, Immo van der Pütten ist verhaftet worden.«

»Heute Abend?«, nuschelte ich und war sofort hellwach.

»Ja, die Kollegen hatten sich in den letzten Tagen mit der Buchhaltung der Firma beschäftigt«, erzählte der Ex-Kommissar. »So wie es aussieht, hat Immo heimlich still und leise Geld abgezwackt. Es wird nun angenommen, dass Ralf dahintergekommen ist und Immo ihn letztlich zum Schweigen bringen musste. Und mangels Alibi ist er nun mal der Hauptverdächtige.«

Vergessen war die Müdigkeit. »Danke Bertus, du hast was gut bei mir.«

In der Küche machte ich mir einen Grießbrei und verfeinerte das Ganze mit einer Portion Zimt und Zucker. Beim Essen konnte ich sehr gut nachdenken. Entspannt saß ich auf meinem Küchensofa und löffelte genüsslich die Köstlichkeit. Je leerer das Schälchen wurde, desto fester war mein Entschluss: Morgen würde ich Ava Terveer aufsuchen und versuchen, mehr über Immos Geschäftsgebaren herauszubekommen.

21

»Ava ist unten am Strand«, informierte mich eine vorbeieilende Mitarbeiterin der Firma, nachdem ich vergeblich an Avas Bürotür geklopft hatte.

»Danke. Dann weiß ich ja, wo ich sie finde.«

Ich ließ mein Fahrrad stehen, denn es waren nur ungefähr zehn Fußminuten zum Strand, und ein bisschen Bewegung würde mir guttun.

Immo war ein gewiefter Mensch, überlegte ich unterwegs, der sicherlich nichts dem Zufall überlassen würde. Wenn er tatsächlich der Mörder seines Bruders war, konnte das meiner Einschätzung nach nur im Affekt geschehen sein. Denn sonst hätte er sicherlich für ein stichhaltiges Alibi für die Tatzeit gesorgt. Aber auf die Schnelle war ihm das bestimmt nicht möglich gewesen.

Ich sah Ava schon von Weitem. Mit hochgezogenen Beinen saß sie auf einer kleinen Steinmauer und starrte auf die Wellen, die jetzt bei Flut ans Ufer klatschten.

»Moin Ava«, sagte ich und setzte mich neben sie.

»Deine Kollegin hat mir gesagt, wo ich dich finde.«

»Ich brauchte unbedingt frische Luft«, stöhnte sie.

»Du weißt das von deinem Chef?«

»Ja, es gibt bei uns in der Firma kein anderes Gesprächsthema. Die meisten haben jetzt Angst, dass die Firma pleitegeht und alle arbeitslos werden.«

»Weißt du auch, warum Immo verhaftet wurde?«

Sie nickte lahm. »Irgendwas mit Geld. Er hat seine Spesenabrechnungen manipuliert oder so.«

»Hast du davon etwas mitbekommen?«

Sie nickte. »Er hat sich mal lautstark mit Ralf im Büro gestritten. Es ging um seine Spesenabrechnungen. Der ist auf Firmenkosten nur in die besten Restaurants Ostfrieslands gegangen und hat in den teuersten Hotels übernachtet, obwohl kein beruflicher Grund vorhanden war.«

»Das hat Ralf herausgefunden?«

»Muss ja wohl. Er hat ihm Vorhaltungen gemacht.« Sie nahm einen kleinen Stein und schleuderte ihn ins Wasser. »Der war bestimmt mit der Kuh in den vornehmen Hotels«, zischte sie wütend, »ausgerechnet mit der dummen Pute, die immer mit ihren Stelzen so angeberisch herumstolziert. Weißt du, wo er mit mir hingefahren ist? In die einfachen Pensionen so mit Klo auf dem Flur, damit es ja nicht viel kostet. Gegessen haben wir meist in einer Pizzeria oder an der Imbissbude. Da behielt er seine Kohle lieber für sich.« Ava lachte schadenfroh.

»Jetzt sitzt er ganz gediegen in einer Zelle bei Wasser und Brot.«

Ich konnte mir gut vorstellen, dass Ava verärgert war. »Aber wegen der überhöhten Spesen hat man ihn sicherlich nicht mitgenommen, oder?«

»Das sicher nicht. Die denken bestimmt Immo hat Ralf … du weißt schon. Ralf hat ihn ganz schön unter Druck gesetzt und von ihm verlangt, dass er das alles von seinem privaten Geld zurückzahlen muss.«

»Aber das kann nicht so eine große Summe gewesen sein, oder?«, entgegnete ich. Immo hat doch bestimmt genug Geld, sodass ihm ein paar tausend Euro nicht wehtun.

»Viel war es nicht«, bestätigte die Sekretärin. »Ich glaube noch keine zehntausend Euro, aber Immo wollte auf keinen Fall, dass seine Frau oder die blöde Rechtsanwältin davon erfahren.«

»Das war ihm so wichtig?«

»Du kennst Immo nicht. Für ihn ist lebenswichtig, was seine Mitmenschen von ihm denken. Nur was ich von ihm denke – das war ihm immer schietegal gewesen.«

»Und sonst war nichts?«, fragte ich enttäuscht nach.

»Also wenn du mich so fragst, hat er außerdem noch etwas Geld abgezweigt.« Sie erhob sich, reichte mir die Hand und zog mich nach oben. »Ich konnte nicht alles ganz genau verstehen, aber Ralf hat so etwas erwähnt. Ich habe aber das Wort Nummernkonto verstanden.«

»Dann hat er irgendwo Geld gebunkert«, folgerte ich.

»Darauf kannst du wetten.« Sie klopfte sich den Sand von ihrer Hose. »Ich muss jetzt los.«

Ich begleitete eine recht schweigsame Ava noch bis zur Firma zurück und fuhr dann nach Hause.

»Emely, ich habe dich ein paarmal angerufen«, empfing mich Leevke, als ich ins Café kam. »Du sollst bitte mal zu Netti rüberkommen.«

»Aber ich habe doch mein Telefon …?« Ich fasste in meine Hosentasche. »Das liegt noch im Büro.«

»Ich habe ihr gesagt, dass ich dich gleich rüberschicke.«

»Mal sehen, was da wieder los ist.«

Netti war gerade dabei, Horsts Hörgerät mit dem Föhn zu trocknen, als ich ankam. »Was ist denn los?«

»Der Dösbaddel hat das Ding ins Klo fallen lassen«, teilte sie mir verärgert mit und bedachte ihren Ehemann, der am Küchentisch saß, mit einem finsteren Blick.

»Wie ist das denn passiert?«, wollte ich von Horst wissen.

»Das Dingsda sitzt viel zu locker, und als ich den Klodeckel runtergeklappt habe, ist es aus dem Ohr gefallen.«

»Ach halt deinen Sabbel«, schimpfte Netti weiter, »du hast das wieder nur halb ins Ohr gesteckt und jetzt haben wir den Mist. Die Teile sind verflucht teuer.«

Horst und ich ließen Netti die Zeit, die sie benötigte, um gehörig Dampf abzulassen. Als sie dann endlich bei dem sehr teuren Hemd angekommen war, welches Horst vor Jahren mit einem Bunsenbrenner versengt hatte, wussten wir, dass sie allmählich zum Ende kommen würde.

»So, jetzt mache ich uns erst mal einen Tee«, verkündete sie bester Laune und setzte Teewasser auf. Das Hörgerät wanderte auf die Heizung zum Trocknen und Netti stellte Tassen und die Keksdose auf den Tisch.

»Emely, bist du noch immer auf der Suche nach dem Spitzbuben, der das mit Ralf gemacht hat?« Netti saß entspannt am Tisch und genoss ihren Tee.

»Ja … nein, also nicht so richtig. Es gibt nichts, was ich noch tun könnte.«

»Ich habe Teelse heute Morgen in der Apotheke getroffen«, erzählte sie, »sie meinte, dass sie den Täter schon haben. Irgendeinen aus der Familie. Kann das sein, dass das stimmt?«

»Das stimmt wohl. Es ist Ralfs Bruder, er ist verhaftet worden.«

»Wie hat er das denn gemacht? Teelse hat gesagt, er hätte ihm was in den Kaffee getan und ihn dann umgebracht.«

»So genau weiß das niemand«, antwortete ich ausweichend. »Du kennst ja Teelse, sie dichtet immer noch ein paar ausschmückende Details hinzu.«

»Ist ja auch egal«, brummte Horst, »ich will von dem ganzen Kuddelmuddel nichts hören.« Er sah seine Frau an. »Ich habe genug damit zu tun, hier in meinen eigenen vier Wänden mein Leben zu verteidigen.«

»Lass den Quatsch«, lachte Netti, »Emely denkt wer weiß was.«

Ich ließ die beiden alleine und zog ab.

Am Abend, meine Kinder waren bei ihren Freunden, nahm ich Renates Buch und machte es mir auf meinem Sofa gemütlich.

Erstaunt musste ich feststellen, dass Renate eine enorme Begabung hatte, Situationen und die Gefühle der Protagonisten zu beschreiben. Es ging ziemlich heftig zur Sache. Auf Seite dreißig angekommen, gab es bereits vier Tote. Die junge Kommissarin nahm den Verdächtigen gerade in die Zange, da übermannte mich die Müdigkeit. Der Krimi von Harriet Archjohn alias Renate van der Pütten knallte auf meinen Wohnzimmerteppich.

22

Elaine war aus dem Urlaub zurück. Sie überfiel mich drei Tage später am frühen Morgen in meiner Wohnung. Ich hatte noch nicht mal meinen ersten Kaffee intus.

»Was ist denn passiert?«, gähnte ich und stellte der ziemlich hektisch wirkenden Elaine ebenfalls einen Pott Kaffee hin.

»Sind deine Kinder schon weg?«, wollte sie wissen und drapierte ihren grellgrünen dünnen Schal um ihren schon etwas faltigen Hals. Sie trug wie immer eines ihrer Flatterkleider, welches meiner Ansicht für die Witterung jetzt im Oktober viel zu dünn war.

»Ja, Annalotta ist auf Klassenfahrt und Wilko übernachtet bei einem Freund.«

»Dann hast du ja sturmfreie Bude«, stellte sie amüsiert fest.

»Und wer sollte meine Bude stürmen?« Für solche weltbewegenden Fragen war es eindeutig zu früh.

»Du solltest mal wieder ausgehen, unter Menschen und nicht immer in der Bude hocken oder Verbrecher jagen.«

»Ich bin total mit meinem Leben zufrieden«, entgegnete ich, »und glaub mir, hin und wieder ist es auch spannend.«

»Hauptsache, dir fehlt nichts«, seufzte sie, »immer auf der Suche nach Mister perfekt ist auch ganz schön anstrengend.«

»Du hast doch jetzt deinen Chefarzt?«

»Man wird sehen«, seufzte sie und zeigte auf ihren Schal. »Eigentlich eine gute Erfindung der Mode. Mit den bunten Tüchern kann man zum Glück so manchen Mangel am Körper verstecken.«

Ich nickte. »Das ist mit den schwabbeligen Oberarmen genauso, die einen heimsuchen, wenn man in die Jahre kommt. Ich würde nie etwas Ärmelloses tragen.«

»Ja, wenn man winkt, ist es besonders schlimm«, grölte Elaine jetzt ganz undamenhaft und schlug sich auf die Schenkel.

Um diese Uhrzeit war mein Humor noch nicht aufgewacht, deshalb grinste ich nur lahm. »Wieso bist du so früh auf den Beinen?«

Ein seliges Lächeln überzog ihr Gesicht. »Mein Schatz musste dringend zur Insel, deshalb hat er mich früh zu Hause abgesetzt. Irgendwas ist mit seiner Wohnung nicht in Ordnung.«

»Und findest du ihn immer noch so nett, deinen Herrn Doktor?«

»Ja, er wird mir immer vertrauter. Leider hat er nie

so viel Zeit. Immer hat er Termine.« Sie trank ihren Kaffee aus. »Egal, dann habe ich mehr Zeit für mich.« Sie stand auf und tänzelte ein wenig durch meine Küche. »Ich mache vielleicht ein bisschen Yoga«, trällerte sie, »das ist gut für die Seele und fürs Bindegewebe.«

»Und wie heißt er?«

»Wer?«

»Dein Chefarzt?«

»Ach so … Paul Jessen.« Sie sah auf die Uhr. »Liebes, ich muss …«

Sie hauchte mir noch einen Kuss auf meine ungewaschene Wange und rauschte hinaus.

Erst am späten Vormittag hatte ich die Gelegenheit, im Internet nach einem Chefarzt namens Paul Jessen zu suchen. Aber, wie ich schon erwartet hatte, ich fand nichts. Gut, dies hatte nicht unbedingt etwas zu bedeuten, denn es konnte ja sein, dass er nur auf der Webseite einer Klinik erwähnt wurde und auf keinem der Social-Media-Kanäle aktiv war. Ich hoffte, dass Elaine diesmal ihr gewünschtes Glück gefunden hatte. In diesem Zusammenhang erinnerte ich mich an diverse Bekanntschaften von Elaine, bei denen sich nach einiger Zeit herausgestellt hatte, dass die Herren mit ein paar wichtigen Informationen hinter dem Berg gehalten hatten. Einigermaßen zufrieden klappte ich meinen Laptop zu und wandte mich meinem Tagesgeschäft zu.

Leevke offerierte mir am Nachmittag, dass unsere Kaffeemaschine so komische Stöhn-Geräusche machte. »Das ist so peinlich Emely, wenn die Gäste das mitbekommen …«

»Lass doch mal Essigwasser durchlaufen, vielleicht ist etwas verstopft?«, schlug ich vor.

»Ich habe schon bei Selma in der Küche nachgesehen, kein Essig mehr da.«

»Warte, ich sehe oben nach.« In meiner Küche fand ich noch eine halbe Flasche Weinessig. Leevke begann sofort mit der Reinigung. Nach dem dritten Durchgang benahm sich die Maschine wieder gesittet.

Bertus rief an, um mir mitzuteilen, dass der Bruder des Opfers wieder nach Hause geschickt worden war. »Er hat zwar kein stichhaltiges Alibi für die Tatzeit, aber es gibt auch keine konkreten Verdachtsmomente. Streit zwischen Brüdern ist ja nicht strafbar.«

Auf einmal hatte ich das Gefühl, dass mein Kopf gleich platzen würde. Selber schuld Emely, meckerte ich mit mir selbst, du hast genug zu tun und befasst dich zusätzlich noch mit den Problemen anderer Leute. Ich musste unbedingt an die frische Luft.

»Ich bin mal kurz weg«, teilte ich Leevke mit, die wie immer verständnisvoll und zustimmend lächelte.

Es war später Nachmittag und der Hafen voller

Menschen, die die milde Oktobersonne, das maritime Flair und den Müßiggang genossen. Strammen Schrittes lief ich zum Anleger der Fähre nach Spiekeroog. Am Anfang taten mir die Waden weh, aber dann lief es wie geschmiert.

Vor dem Fährhaus ließ ich mich auf einer Bank nieder und beobachtete entspannt das Geschehen am Anleger. Gerade hatte eine Fähre angelegt, ein Menschenstrom ergoss sich auf das Festland. Die Herrschaften, die mit der Abendfähre zur Insel übersetzen wollten, warteten geduldig hinter der Absperrung darauf, dass man sie an Bord lassen würde. Unter den Wartenden entdeckte ich Immo van der Pütten und Rika Blomberg. Sie redete hektisch auf ihn ein, er sah demonstrativ zur Seite. Die Warteschlange setzte sich in Bewegung. Immo war als einer der Ersten an Bord, Rika blieb mit einem missmutigen Gesicht zurück. Sie stampfte mit einem ihrer Highheels auf den Boden auf, sah noch einen Moment dem auslaufenden Schiff hinterher und drehte sich dann ruckartig um.

Ein Familienvater mit einem Bollerwagen stürmte eilig zum Parkplatz und übersah die immer noch dastehende Rechtsanwältin. Frau Blomberg fiel zu Boden, stieß einen Schrei aus und wurde von dem Mann wieder auf die Beine gestellt.

Ohne nachzudenken, sprang ich auf und lief rüber. Rika Blomberg war etwas wackelig auf den Beinen. »Kann ich Ihnen helfen?«

Sie sah mich an. »Ich kenne Sie doch … Es ist …« Sie wandte sich an den Bollerwagen Fahrer. »Alles in Ordnung, war wohl meine Schuld.«

»Kommen Sie, Sie sollten sich hinsetzen«, schlug ich vor und bugsierte Immos Freundin zu meiner Bank. Sie atmete ein paarmal tief durch und leckte sich über ihre Lippen.

»Augenblick, ich hole Ihnen was zu trinken«, sagte ich und bestellte am nahegelegenen Kiosk zwei Kaffee. Sicherlich war ich hilfsbereit, ohne Frage, aber die Gelegenheit, mit Frau Anwältin zu plaudern, gefiel mir ausgesprochen gut.

»Das ist nett, den Kaffee kann ich jetzt gut gebrauchen«, bedankte sie sich und trank gierig.

»Sie haben Immo zur Fähre gebracht. Wollten Sie nicht mit?«

»Nein«, stieß sie hervor, »wir sind nicht mehr so eng. Immo kümmert sich um eine Immobilie auf der Insel. Er kommt morgen mit der ersten Fähre wieder zurück. Ich habe mich da ein wenig rausgezogen.«

»Ich dachte, Sie wären beide fest zusammen.«

»Das war vielleicht mal.«

Ungewohnt offen erzählte sie mir von einem Streit vor ein paar Tagen. »Immo hatte mir fest zugesagt, mir finanziell unter die Arme zu greifen. Ich will mir eine Wohnung in Carolinensiel kaufen. Plötzlich hat er einen Rückzieher gemacht.« Sie leerte den Kaffeebecher. »Es hat schon länger bei uns gekriselt.«

Das waren mehr Informationen, als ich erwartet hatte. »Ich habe gehört, dass Immo die Firma verkaufen will?«

Rika nickte. »Stimmt. Er sucht schon einen Käufer, obwohl die Familie Kopf steht, aber er ist da unerbittlich.«

»Ralf muss das zum Glück nicht mehr miterleb…«, entfuhr es mir. Erschrocken hielt ich inne.

»Sie haben schon recht. Niemals hätte er das mitgetragen«, seufzte sie. »Wenn Sie mich fragen, war Ralf immer der Klügere und Feinfühligere von den beiden.« Sie sah der Fähre nach, die immer kleiner wurde. »Immo ist ein Dreckskerl. Man sollte ihm nicht trauen. Es gibt keine Schweinerei, die er noch nicht ausgeheckt hat.«

Mit einem gezielten Wurf versenkte sie den Pappbecher in einem Papierkorb.

23

Tee und Tratsch, so könnte man am besten die Zusammenkünfte der Teeschwestern bezeichnen. Für den heutigen Nachmittag war das Thema, nämlich der Inhalt der gestrigen medizinischen Ratgebersendung im Fernsehen, abgeschlossen, nachdem die Damen die Symptome der diversen Krankheiten abgehandelt und bewertet hatten. Hedwig litt dann besonders unter diesen Informationen. Spätestens bei der genauen Beschreibung der Beschwerden machte sie einen Termin bei ihrem Hausarzt, um die Sachlage zu klären.

Aktuell war man aber bei der Besprechung des Buches von Harriet Archjohn angelangt. Man hatte das Thema des Buchclubs dahingehend geändert, dass man sich, anstatt mit dem Werk der beiden Emder Autorinnen, lieber mit Renates Buch befassen wollte. Alle Damen hatten die Hälfte gelesen und beleuchteten nun Schreibstil und Spannung des Kriminalromans.

»Mir ist das echt zu blutig«, urteilte Hedwig und weigerte sich, auch den Rest des Buches zu lesen.

»Sonst kann ich nachts nicht schlafen.«

Franziska zupfte ihre jetzt violetten Strähnchen an der Schläfe zurecht und schüttelte den Kopf. »Ich bin ja kein Literaturpapst, aber ...«

»Wenn schon, wärest du eine Literaturpäpstin«, unterbrach Tabea ihre Freundin. »So viel Zeit muss sein.«

»Ist doch schietegal«, griff Netti ein und forderte Franziska auf, weiterzureden. Ich stand neugierig daneben, um endlich zu erfahren, wie den Damen das Buch gefiel.

»Also«, setzte Franziska erneut an, »ich bin ja keine Fachfrau, aber das Buch ist gut, sehr gut sogar. Hätte ich von Renate nicht gedacht. Sie wirkt so ländlich – und dann diese Worte. Was meinst du, Emely?«

»Ich finde das auch sehr gekonnt formuliert«, sagte ich, »aber ich bin noch nicht mal bei der Hälfte.«

»Renate schreibt doch schon so lange Bücher, oder?« Tabea sah abwartend in die Runde. »Aber erfolgreich war sie bisher nicht.«

»Das liegt sicherlich an dem Pseudonym«, urteilte meine Schwiegermutter. »Das macht bestimmt eine Menge aus.«

»Das kann ich mir vorstellen«, meinte Franziska. »Wenn du zum Beispiel Gesine Mahlzahn heißt, nimmt dir niemand eine heiße Liebesromanze ab.«

Die Tür öffnete sich und eine Gruppe Gäste kam herein. »Moin.« Ich zeigte auf den großen Tisch gleich neben der Tür. »Nehmen Sie gerne Platz, ich bin gleich bei Ihnen.«

Ich wandte mich wieder dem Tratsch-Quartett zu. »So ihr Lieben, kann ich euch noch etwas bringen?«

»Für jeden einen Sanddornlikör, damit denkt es sich besser«, kicherte Tabea.

Ich versorgte die Teeschwestern mit der wohlschmeckenden Spirituose, den Herrschaften am großen Tisch servierte ich Ostfriesentee und Torte. Selmas Kuchen erfuhren wie immer großen Zuspruch, sogar der von ihr erst letztlich kreierte Kuchen mit Chili.

Meine Kopfschmerzen waren immer noch nicht besser, mein Nacken fühlte sich total verspannt an. Außerdem scheuerte mein BH unter der Achsel und mein Hosenbund spannte. Insgesamt fühlte ich mich wie ein Schnitzel, welches man mit dem Nudelholz bearbeitet hatte.

Da half nur frische Luft. Zum Glück konnten wir pünktlich Feierabend machen, ich holte meine Windjacke aus dem Büro und lief zum Strand. Es waren nur einzelne Menschen unterwegs, die Herbstferien waren vorüber, und jetzt zur Abendessenszeit saßen die Gäste in den Restaurants oder in ihren Ferienwohnungen.

Plötzlich musste ich an meine Mutter denken, die trotz des wenigen Geldes, welches ihr zur Verfügung gestanden hatte, mir immer vermittelte, dass wir an einem Ort wohnen durften, wo andere Menschen ihre Ferien verlebten. So hatte ich als Kind nie Reisen, Ausflüge in die Großstadt oder längere Urlaube vermisst. Noch immer genoss ich es, auf die Nordsee zu blicken, die unermüdlich und ohne Pause das Wasser an das Ufer spülte.

»Moin Emely, all up Stee?«, nuschelte der Strandkorbvermieter Fokke Steenhuis, der in Begleitung seiner Hündin Luzie an mir vorbeieilte.

»Moin Fokke«, rief ich ihm hinterher, »ja, alles in Ordnung.« Lange sah ich ihm nach, wie er mit seiner weißen Schirmkappe auf dem Kopf Richtung Campingplatz lief. Mir wurde kalt. Meine Kopfschmerzen hatten sich verflüchtigt und es war an der Zeit, nach Hause zu gehen.

Am Hafen kam mir Renate mit ihrer Tante Tinka, die in einem Rollstuhl saß, entgegen.

»Moin Frau Buskohl«, begrüßte ich erstaunt die freundlich lächelnde alte Dame. »Das ist ja eine Überraschung. Moin Renate.«

Frau Buskohls Nichte trug einen abgetragenen Lodenmantel, dessen Farbe zwischen dunkelgrün und braun schwankte. »Tante Tinka wollte unbedingt Frischluft atmen. Ich wollte schon heute Nachmittag kommen, aber dann hat sich alles hingezogen.«

»Frau Petersen, gut, dass ich Sie treffe. Es gäbe da noch was.« Unsicher sah sie Renate an.

»Vor mir brauchst du keine Geheimnisse haben«, maulte Renate schlechtgelaunt. »Du glaubst ja gar nicht, was ich schon alles gehört habe. Für meine Bücher sind menschliche Schicksale das Salz in der Suppe.«

»Ist ja schon gut«, beschwichtigte Tante Tinka, »du weißt das ja sicher sowieso schon.« Sie hob frierend die Schultern. »Aber hier? So mitten auf der Straße?«

»Kein Problem«, sagte ich schnell, bevor es sich die alte Dame anders überlegen konnte. »Wir gehen in mein Café, da ist es warm.«

Eine Viertelstunde und eine Tasse Tee später saßen wir im Café Kluntje.

»Es geht um Ralfs Tochter aus Oldenburg«, begann Frau Buskohl und sah Renate an. »Du weißt doch davon?«

Renate nickte. »Ja, seit gestern. Schöner Mist.«

Ich war gespannt, was Tante Tinka jetzt von sich gab. »Was ist denn passiert?«

»Ich hatte Ihnen ja erzählt, dass Ralf das Kind, welches er mit der Frau aus Oldenburg hat, vor seiner Familie verheimlicht hat und die Unterhaltszahlungen vor seiner Frau verborgen hat.«

»Ach …«, ätzte Renate und bedachte mich mit einem giftigen Blick, »du wusstest davon?«

»Beruhige dich, Kind.« Beschwichtigend legte Frau Buskohl ihre schmale Hand auf den drallen

Unterarm Renates. »Irgendjemandem musste ich das anvertrauen.«

»Ich nehme an, die Familie weiß jetzt von der Existenz des Kindes?«, fragte ich noch einmal nach.

»Die Mutter hat uns einen Anwalt auf den Hals gehetzt«, entgegnete Renate bissig, bevor Frau Buskohl antworten konnte. Sie war jetzt außer sich. »Die will das anteilige Erbe von Ralf für ihre Tochter und die Fortzahlung des Unterhalts von Rieke.«

»Das hat bestimmt alles durcheinandergebracht«, vermutete ich.

»Davon kannst du ausgehen.« Renate stieß einen unwilligen Laut aus. »Ausgerechnet heute!«

»Was war denn heute?«

»Ralf konnte endlich eingeäschert werden, nachdem die Polizei die Leiche freigegeben hatte. Du kannst dir vorstellen, wie es Rieke zumute ist, nachdem sie erfahren hat, dass ihr Mann sie all die Jahre beschissen hat.«

Tante Tinka nickte. »Ausgerechnet Ralf, der immer ein Vorbild an Ehrlichkeit und Zuverlässigkeit für uns alle war.«

Hektisch knöpfte Renate ihren Mantel zu. »Ich denke, wir sollten gehen.«

»Entschuldigen Sie, Frau Petersen«, lächelte Frau Buskohl, »dass wir Sie so überfallen haben, aber ich wollte unbedingt, dass Sie das wissen.«

Die schmale Hand der alten Dame fühlte sich kalt an. »Danke für Ihre Verschwiegenheit.«

Die beiden Frauen verabschiedeten sich und ich schloss hinter ihnen die Tür. In Selmas Küche nahm ich die Milchflasche aus dem Kühlschrank und trank ein ganzes Glas davon in einem Zug leer. Bei all der Trauer um Ralf musste die Familie sich nun mit der Tatsache abfinden, dass es noch eine Erbin gab. Meine Oma hatte immer gesagt, dass alle Geheimnisse irgendwann ans Licht kommen, auch wenn man sie noch so tief vergraben würde.

Kaum war ich in unserer Wohnung angekommen, klingelte mein Telefon. Es war Roswitha. »Gerade kam die Meldung, dass Immo einen Unfall hatte.«

»Woher weißt du das denn?«

»Der Mann unsere Rezeptionistin ist bei der Feuerwehr.«

»Gestern habe ich Immo noch am Anleger gesehen. Ist er schwer verletzt?«

»Ich weiß nicht genau, aber die Insassen des Autos, welches er gerammt hatte, sind alle ins Krankenhaus eingeliefert worden.«

Roswitha versprach mir, mich sofort zu benachrichtigen, wenn sie nähere Einzelheiten wüsste.

Mir war auf einmal kalt. Eine heiße Dusche würde mir sicher guttun, aber meine Bequemlichkeit gewann die Oberhand. Ein heißer Pfefferminztee musste genügen.

24

»Immo hat den Unfall nur um drei Stunden überlebt«, berichtete Harm, als er am nächsten Vormittag im Café Kluntje saß und seinen Kaffee trank.

»Er war wirklich schwer verletzt«, ergänzte Sigi, »die Verletzungen waren so beträchtlich, das konnte er nicht überleben.«

Dass Immo tot war, hatte ich schon früh am Morgen von Roswitha erfahren, aber nähere Einzelheiten konnte sie mir nicht erzählen.

Vielleicht konnten die beiden jungen Männer mir mehr erzählen. »Wo ist das denn passiert?«

»Auf der Küstenstraße, kurz hinter Bensersiel«, berichtete Harm. »Er war besoffen und ist viel zu schnell gefahren.«

Das Gesicht seines Kollegen wirkte wie eingefroren. »Ich bin mir nicht sicher, ob wir solche Interna weitererzählen sollten«, mahnte er an, »du weißt, wie stinkig der Chef werden kann.«

Harm winkte ab und hielt mir die Zuckerdose hin. »Ist leer, ich brauchen noch ein paar Würfelzucker.«

»Moment«, entgegnete ich und behob umgehend den Mangel.

»Und was wisst ihr noch?«, wollte ich wissen, als ich wieder saß.

»Die Insassen des entgegenkommenden Autos hatten mehr als Glück und wurden nur leicht verletzt.« Vier Stück Würfelzucker plumpsten in Harms Kaffeetasse.

»Immos Auto ist Schrott.« Sigi nickte vielsagend. »Er hat sich noch mit einem dicken Baum angelegt.«

Die Nachricht von Immos Tod schien sich bereits in ganz Neuharlingersiel herumgesprochen zu haben. Leevke stand mit Selma hinter dem Tresen und gestikulierte wild. Unsere Kuchenbäckerin schlug ihre Hände vors Gesicht und schüttelte den Kopf.

»Wo er wohl hinwollte?«, überlegte ich. Gespannt wartete ich darauf, dass die beiden Ordnungshüter noch mehr an Informationen herausrückten.

»Wer?« Begriffsstutzig sah mich Sigi an.

»Wo Immo wohl hinwollte, will Emely wissen. Du bist aber auch manchmal ein Dösbaddel.«

»Tschuldigung«, nuschelte Sigi, »ich habe gerade überlegt, wo ich mein Telefon gelassen haben könnte.«

»Liegt vorne im Streifenwagen«, informierte ihn sein Kollege genervt.

»Vielleicht nach Emden?«, grübelte ich weiter.

»Kann schon sein«, meinte Harm, »aber das ist die Strecke, die auch nach Pewsum oder auch woanders hinführt.«

»Vielleicht könnte …« Mein Telefon in der Hosentasche vibrierte. Das war sicher Bertus, dem ich am Morgen nach Roswithas Anruf eine Nachricht hinterlassen hatte. »Ich muss mal eben telefonieren.«

Zügig eilte ich in mein Büro. »Bertus?«

»Moin Emely.«

»Du hast ja sicherlich schon mitbekommen, dass der Bruder von …«

»Ja«, unterbrach er mich, »mein junger Kollege hat mich informiert.«

»Und hast du Einzelheiten?«

Der Ex-Kommissar räusperte sich. »Also … ich habe es mir doch notiert … Er hatte einen Blutalkoholwert von ungefähr zwei Promille. Außerdem haben die Kollegen Drogen in seinem Blut nachgewiesen. Also wenn du mich fragst, ist es kein Wunder, dass er von der Straße abgekommen ist und an einen Baum geknallt ist.«

»Mein Gott, wie schrecklich. Der war ja völlig zugedröhnt.« Irgendwie war ich irritiert. Innerhalb kürzester Zeit fanden die Brüder van der Pütten den Tod – und beide auf gewaltsame Art. »Und die anderen Unfallbeteiligten?«

»Hatten Glück. Immos Auto hat sie nur gestreift.«

Ich bedankte mich bei Bertus für die Informationen. Mein Telefon legte ich auf den Schreibtisch, stützte meinen Kopf in die Hände und versuchte nun, alle Informationen zu ordnen. Ralfs Tod war bis jetzt immer noch ungeklärt. Den Gedanken, dass Immo dafür verantwortlich war, oder, was nicht weniger tragisch war, eventuell durch sein Verhalten dazu beigetragen hatte, dass Ralf erschlagen wurde, konnte ich nicht so einfach wegwischen.

Ein Fremder schied für mich eigentlich aus, denn alle Gäste hatten nach der Feier das Firmengelände verlassen. Aber vielleicht hatte sich doch jemand versteckt und nur darauf gewartet, dass es ruhiger auf dem Gelände wurde. Aber woher sollte ein Täter wissen, dass Ralf genau durch diesen Flur gehen würde? Nein, das war alles zu vage. Die Familie? Konnte da jemand seinen Vorteil gesucht haben? Auch das erschien mir unwahrscheinlich, denn alle hatten bis dahin gut und sehr komfortabel von den Einnahmen der Firma gelebt. Mir fiel beim besten Willen kein glaubhaftes Motiv für Ralfs Ermordung ein.

Ein Stapel von Rechnungen, der neben meiner Tastatur lag, stach mir ins Auge und wartete darauf, von mir bearbeitet zu werden. Daraus wurde aber jetzt nichts, denn ich brauchte dringend etwas Süßes.

»Selma, hast du noch von dem Schokoladenkuchen mit den Nüssen?« Abwartend stand ich in der Küchentür. »Das würde mich beruhigen und mir beim Nachdenken helfen.«

»Klar habe ich noch davon.« Selma nahm einen Teller aus dem Schrank und bugsierte elegant das Kuchenstück darauf.

»Mich würde so ein Stück Kuchen auch beruhigen«, rief Netti, die am Küchentisch saß.

»Ich habe dich gar nicht gesehen.« Ich setzte mich zu ihr und begann mit Genuss, die Köstlichkeit zu verzehren, die mir Selma hingestellt hatte.

»Ist das nicht furchtbar?«, stöhnte meine Schwiegermutter. »Die arme Tinka, gleich zwei Neffen hat sie innerhalb kürzester Zeit verloren.«

Mit kräftigen Bewegungen rollte Selma einen Klumpen Hefeteig auf einem Brett aus. »Ralf war ja ein angenehmer Zeitgenosse, aber der andere?« Sie legte das Nudelholz zur Seite und wischte sich die Hände an ihrer Schürze ab. »Immo war ein echter Mistkerl.«

»Das ist aber ein hartes Urteil«, meinte Netti, die sonst sehr schnell dabei war, die Menschen zu beurteilen und in die jeweilige Schublade zu stecken. »Der war zwar mit allen Wassern gewaschen, aber immerhin hat er jahrelang mit seinem Bruder die Firma aufgebaut und erfolgreich geleitet.«

»Ich sach euch jetzt mal was.« Selma senkte ihre

Stimme, als ob uns jemand belauschen könnte. »Heute Morgen hat mir mein Mann was erzählt.«

»Fridjof kannte Immo näher?« Das war mir neu.

Selma nickte. »Das war vor ungefähr vierzig Jahren. Unser Auto war damals im Eimer. Fridjof hat eine Anzeige in der Zeitung entdeckt, in der jemand das gleiche Modell zu einem günstigen Preis anbot. Ich kann mich noch gut daran erinnern.«

»Was hat das denn mit Immo zu tun?« Netti wurde ungeduldig.

»Warte ab«, winkte Selma ab. »Der Verkäufer war Immo van der Pütten, damals noch ein junger Mann. Fridjof hat nicht so viel Ahnung von Autos. Er hat sich alles angeguckt und die Sache für gut befunden. Zumal Immo ihm versichert hatte, dass bisher an dem Auto nur ein paar Verschleißteile ersetzt wurden.«

»Und das hat nicht den Tatsachen entsprochen?« Ich hatte so eine Ahnung, worauf die Geschichte hinauslaufen würde.

Selma nickte. »Nach nur vier Monaten sind wir auf dem Weg nach Aurich liegengeblieben und mussten abgeschleppt werden.« Sie ballte die Hände zur Faust. »In der Werkstatt hat man dann festgestellt, dass dieses Auto nach einem schweren Unfall wieder zurechtgebogen worden war. Der Schnösel hat also arglistig diesen Mangel verschwiegen.«

»Das ist allerdings ungeheuerlich. Und wie ging es weiter?«, wollte Netti wissen.

»Nix ging weiter«, schimpfte Selma. »Wir haben zwar einen Anwalt eingeschaltet, hatten aber nicht den Mut, es auf einen Prozess ankommen zu lassen. Immo hat natürlich alles abgestritten und wir waren die Angeschmierten.«

Der Schokoladenkuchen hatte mich keineswegs beruhigt. Es erschien mir in diesem Moment unmöglich, jemals herauszufinden, was sich nach der Jubiläumsfeier der Firma van der Pütten in dem dunklen Flur ereignet hatte.

25

Es waren viele Menschen gekommen, um Ralf und Immo das letzte Geleit zu geben.

Rieke und Gesa saßen eng beieinander in der ersten Reihe. Die junge Frau neben Rieke musste die Tochter Hanne sein. Tante Tinka, in Begleitung einer älteren Frau, saß zusammengesunken in ihrem Rollstuhl und hielt den Kopf gesenkt.

Es war kalt und es roch nach Blumen. Der Pastor ließ das erfolgreiche und aufopfernde Leben der verstorbenen Brüder Revue passieren und hob die vielen Spenden hervor, die die Firma im Laufe der Jahre dem Verein zur Rettung Schiffbrüchiger und der örtlichen Feuerwehr hatten zuteilwerden lassen.

Renate konnte ich zuerst nirgends erblicken. Erst beim Verlassen der Trauerhalle sah ich sie, wie sie in ihrem farblich undefinierbaren Lodenmantel den beiden Urnen folgte.

Ich hielt mich selbstverständlich total im Hintergrund, denn zumindest Immo hatte ich so gut wie nicht gekannt, aber es war mir ein Bedürfnis, die Familie noch einmal zu sehen, um vielleicht endgültig zu verstehen, wie sie zueinander standen.

Die Urnen der beiden Brüder wurden nebeneinander in die Grabstätte der Unternehmerfamilie versenkt. Jetzt waren sie sich näher, als sie es zu Lebzeiten jemals gewesen waren.

Gerade hatte ich den Friedhof verlassen und war auf dem Weg zum Parkplatz, als mich jemand von hinten ansprach.

»Entschuldigen Sie bitte.«

Die Stimme hatte ich doch schon mal gehört. In gespannter Erwartung drehte ich mich um. Die Frau war Anfang vierzig und sah aus wie Astrid Unkelhäuser, die Mutter von Ralfs unehelicher Tochter.

»Verzeihen Sie, dass ich Sie einfach so anspreche.«

»Ich kenne Sie doch?« War sie es wirklich? Ihre Haare wirkten strähnig, ihr Gesicht blass und übernächtigt. »Frau Unkelhäuser?«

»Ja, stimmt. Verzeihen Sie bitte, aber waren Sie nicht mal in unserem Autohaus?«

Ich nickte. »Ja, das ist richtig.« Inständig hoffte ich, sie würde nicht nach dem Grund meines damaligen Besuches fragen.

»Kannten Sie Ralf näher?« Sie trat von einem Fuß auf den anderen. »Ich meine, weil sie auf seiner Beerdigung waren. Der Bruder ist ja auch …«

»Ralf kannte ich besser als seinen Bruder. Wir hatten öfter geschäftlich miteinander zu tun.«

»Und die Familie?«

»Ich kenne alle Familienmitglieder.« Sie wirkte unsicher. »Kann ich etwas für Sie tun?«

Astrid Unkelhäuser nickte. »Sie könnten mir einen Gefallen tun und der Familie etwas ausrichten. Unseren Anwalt will ich da nicht mit reinziehen oder persönlich mit der Familie sprechen … Nein, das kann ich nicht.«

»Geht es um Ihre Tochter?«

»Ja, mein Bruder hat ohne mein Wissen Dinge gefordert, die ich niemals so wollte. Es ist nämlich so, ich möchte keinerlei Ansprüche für mich und mein Kind an die Familie van der Pütten stellen. Es wäre für mich eine Katastrophe, wenn Alina mit Menschen zu tun hätte, die ihr feindselig gegenüberstehen.«

»Das kann ich gut verstehen«, entgegnete ich und überlegte, wem ich die Nachricht weitergeben könnte. Eigentlich war Rieke als Ralfs Witwe die richtige Ansprechpartnerin, aber das wäre sicherlich falsch. »Seien Sie unbesorgt. Ich werde Ihr Anliegen der Familie übermitteln.«

Frau Unkelhäuser schien erleichtert zu sein. Sie nickte mir mit einem gehauchten »Danke« zu und lief eilig zu ihrem Auto.

Wieso hatte sie ausgerechnet mich angesprochen? Und was sollte ich jetzt machen?

Erst als ich im Auto saß, fiel mir ein, dass Frau Unkelhäuser auch einen Brief hätte schreiben können. Das wäre unverfänglich und distanziert gewesen.

»Emely.« Renate stand neben meinem Auto und klopfte an die Scheibe. »Fährst du nach Hause?«

Ich kurbelte das Fenster runter. »Ja, ich fahre nach Hause. Gehst du nicht mit deiner Familie zur Teetafel?«

»Nee«, entgegnete sie genervt, »das tue ich mir nicht an. Gesa ist die ganze Zeit am Schimpfen, weil Immo sich so einfach davongemacht hat, und Rieke … na ja, kannst du dir ja vorstellen.«

»Komm, steig ein.«

Renate klammerte sich an den Haltegriff und zog sich auf den Beifahrersitz. »Dein Bus sieht noch echt gut aus.«

»Wo ist deiner?«

»Lichtmaschine im Eimer, ausgerechnet jetzt. Ich wollte übermorgen abhauen. Die gehen mir alle auf den Geist.« Sie warf einen bösen Blick Richtung Trauerhalle.

»Bleibst du so lange im Hotel Deichhuske, bis dein Auto fertig ist?«

»Klar, da habe ich es schön bequem.« Sie verschränkte die Arme und legte den Kopf zurück. »Ich bin so fertig …«

Ich hatte noch keine fünfhundert Meter zurückgelegt, als Renate bereits im Tiefschlaf lag. Ihr Schnarchen hätte Tote aufwecken können.

Vor dem Hotel angekommen, klopfte ich ihr auf den Arm. »Wir sind da.«

»Wo genau?« Mit zusammengekniffenen Augen starrte sie auf die Eingangstür des Hotels. »Emely, magst du nicht noch einen Moment mit reinkommen? Ich wäre jetzt nicht so gerne alleine.«

»Meinetwegen.«

Den Bulli stellte ich auf dem Parkplatz des Hotels ab und folgte Renate in die Hotelhalle, die sie eiligst durchquerte und zielstrebig auf die hoteleigene Bar zuging.

»Komm, wir genehmigen uns jetzt einen«, kommandierte sie und orderte für sich einen doppelten Whiskey. »Du kannst dir alles bestellen, was du willst.« Sie kicherte. »Heute Morgen habe ich eine satte Tantiemen-Abrechnung bekommen. Das löppt alles, kann ich dir sagen.«

»Ich nehme nur eine Apfelsaftschorle.«

Der junge Mann nahm mit einem freundlichen Lächeln meinen Wunsch entgegen.

Wir quetschten uns auf eine Eckbank. Renate warf ihren Mantel hinter sich auf den Boden. Der Whiskey war schnell vertilgt, der zweite auch. Den Dritten stellte sie auf den Tisch und fuhr mit dem Finger am Glasrand entlang.

»Schöne Scheiße«, murmelte sie. »Ich habe keinen blassen Dunst, wer die Firma jetzt leiten soll.«

»Hast du schon mal daran gedacht, da mit einzusteigen?«

»Ich?« Empört schüttelte sie den Kopf. »Mein

Metier sind die Worte und nicht irgendwelche Kabel und Steckdosen.«

»Hatte Immo nicht die Absicht, die Firma zu verkaufen? Vielleicht hatte er schon einen Interessenten?«

Ein dezenter Rülpser entwich ihrem Mund. »Ist mir egal.« Whiskey Nummer drei war jetzt auch Geschichte. »Was war denn das für eine Frau, die eben mit dir gesprochen hat?«

»Das war Astrid Unkelhäuser, die Mutter von Ralfs Tochter. Sie hat mich gebeten, euch etwas auszurichten, nämlich, dass sie und ihre Tochter keinerlei Ansprüche an die Firma erheben wird.«

»Hätte sie doch auch die Post bemühen können, oder?«

»Vielleicht wusste sie nicht, wie sie das formulieren sollte? Im Gespräch ist das oft einfacher.«

»Ja, da sagst du was.« Mit weit aufgerissenem Mund gähnte Renate so gründlich, dass ich dachte, ihre Kiefergelenke würden das nicht mitmachen.

Umständlich schälte sie sich aus der Eckbank, griff nach ihrem Mantel und drehte sich zu dem jungen Mann um. »Wie immer auf mein Zimmer schreiben.«

Ich stand ebenfalls auf, half ihr in ihren Lodenmantel. »Geh nach oben. Es war ein langer Tag.«

Sie nickte. »Ich muss ins Bett.« Sie hielt sich am Türrahmen fest. »Meinst du, die machen heutzutage mehr Alkohol in die Getränke? Ich vertrage ja gar nichts mehr.«

Mit meiner Hand auf Renates Rücken schob ich die Schriftstellerin zum Aufzug. »Ich hoffe, du findest den Heimweg.«

Sie nickte und stolperte in die Aufzugskabine. Kurz bevor sich die Tür mit einem leisen Quietschen schloss, sah ich noch, wie Renate ganz langsam auf den Boden rutschte und selig lächelte.

26

»Das kannst du dir abschminken«, informierte mich Tamme und klopfte mit der flachen Hand auf unseren Boiler.

»Und reparieren? Geht da nix mehr?« Mir grauste schon vor der Rechnung. Es war zum Mäusemelken. Nahezu jeden Tag gab in diesem Haus irgendetwas den Geist auf, wobei der Boiler wahrscheinlich noch das kleinere Übel war.

»Emely, ich mach dir einen Neuen hin«, versprach unser Haus- und Hof-Handwerker. »So ohne heißes Wasser ist doch blöd.«

»Stimmt«, sagte ich und dachte an meine Tochter Annalotta, die sich schon bitterlich beschwert hatte, dass sie sich nicht ausreichend für ihre abendlichen Verpflichtungen mit ihren Freundinnen präparieren konnte.

»Ich fahre in mein Lager«, teilte mir der Handwerker mit, »und dann mache ich mich mal gleich an die Arbeit.«

»Gut, ich gehe mal nach unten ins Café. Wenn du fertig bist, komm doch zu Selma in die Küche, ich stelle dir ein Stück Kuchen hin.«

Tamme grinste freudig und ich verzog mich. Teelse stand mit Selma in der Küchentür und tratschte wieder mal. »Der war mit der russischen Mafia verbandelt«, behauptete sie gerade, als ich dazu kam. »Da hat bestimmt jemand am Auto rumgefummelt.«

»Meinst du Immo van der Pütten?« Die Fantasie unserer Putzfee konnte man nur bewundern. Jeder Schriftsteller würde sicherlich auf der Stelle neidisch werden.

»Klar«, meinte Teelse und richtete ihre Kittelschürze, »so viele Leute knallen ja nicht gegen einen Baum.«

Selma tippte sich an den Kopf und tauchte in ihr Reich ab.

»Und woher hast du das mit der Mafia?«, wollte ich von Teelse wissen. »Das hast du dir doch ausgedacht, oder?«

Empört hob sie beide Hände. »Was denkst du nur! Frau de Vries aus der Möwenstraße hat es mir erzählt, und die hat es von der ollen Kiesewetter.«

»Woher sollte die alte Frau Kiesewetter denn so etwas wissen? Die kommt ja kaum vor die Tür mit ihren kaputten Beinen.«

Jetzt war Teelse leicht angesäuert. »Du hast ja keinen blassen Dunst. Man sieht das doch immer wieder im Fernsehen. Unternehmer macht mit der Unterwelt Geschäfte oder so.«

»Ach Teelse, du kannst doch nicht alles glauben,

was du im Fernsehen siehst«, klärte ich sie auf. »Die Fernsehärzte haben alle Zeit der Welt, die Frauen finden sofort den richtigen Mann zum Heiraten, und die großen schicken Einfamilienhäuser sind immer blitzblank aufgeräumt.«

»Na gut, wenn du meinst … kann ja sein«, gab sie kleinlaut zu, »aber der ehrlichste Mensch war der van der Pütten nicht. Ich meine Immo.« Sie drehte sich um. »Und jetzt musst du mich entschuldigen.«

Selma brachte gerade mit einer Kuchenspritze Sahnehäubchen auf einer Ostfriesentorte an. »Ist sie weg?«

Ich nickte und setzte mich an den Küchentisch. »Manchmal ist Teelse richtig anstrengend. Besonders, wenn sie solche Revolvergeschichten erzählt.«

»Letzte Woche habe ich sie aus der Küche geschmissen«, wetterte Selma. »Sie hat doch tatsächlich behauptet, Blinddärme könnten auch nachwachsen, wenn der Chirurg die Stelle am Darm nicht richtig vernäht hätte.«

»Das kann man sich ja gar nicht ausdenken.« Mit dem Blick auf zwei bereits fertige Torten erwog ich, ob ich mir aus rein therapeutischen Gründen und zur Stimmungsaufhellung ein Stück Kuchen gönnen sollte, entschied mich aber dagegen, »Tamme kommt nachher runter. Gibst du ihm ein Stück Kuchen«, bat ich Selma. »Er repariert gerade oben meinen Boiler.«

»Klar, mache ich«, versprach die Kuchenbäckerin und schob eine der Torten in den Kühlschrank.

Während der Vormittagsarbeit versuchte ich immer wieder, den Gedanken an die toten Brüder wegzuschieben, was mir nur unzureichend gelang. Nur zu gerne hätte ich gewusst, was hinter all dem steckte. Außerdem ärgerte ich mich über meine ergebnislose Schnüffelei.

»Was ist mit dir los?«, wollte Netti wissen, als sie am Nachmittag in Gesellschaft ihrer Freundinnen im Café saß.

»Ich habe nur ein bisschen Kopfweh.« Abwartend stand ich am Tisch des Quartetts, um mich nach den Wünschen der Damen zu erkundigen.

»Dann musst du an die frische Luft«, empfahl mir Hedwig, »und später machst du dir eine heiße Schokolade und gehst früh ins Bett.«

»Ja, genau das machst du«, flüsterte mir Leevke zu, die plötzlich neben mir stand. »Den Rest schaffe ich schon alleine.«

Das ließ ich mir nicht zweimal sagen. Es hatte angefangen zu regnen und der Wind hatte ordentlich aufgefrischt. Aus dem Büro holte ich meine Regenjacke und machte mich auf den Weg zur Firma van der Pütten, um zu sehen, ob ich Ava noch erwischen konnte.

»Moin Emely«, piepste die Sekretärin, als ich ihr Büro betrat. Blass und lustlos saß sie hinter ihrem

Schreibtisch und war gerade dabei, sich zwei Pralinen gleichzeitig in den Mund zu stecken.

»Wie geht's dir?« Ich setzte mich auf den Stuhl vor dem Schreibtisch.

Ava zuckte mit den Schultern. »Nicht gut. Obwohl Immo ein Arsch war und mich abgesägt hat, bin ich total traurig.«

»Das ist schlimm, aber wenn es dich beruhigt, die Anwältin war auch nicht mehr mit ihm zusammen.«

Avas Gesicht entspannte sich. »Rieke war heute Morgen hier und hat ein paar persönliche Sachen von Ralf aus dem Büro geholt.«

»Hat sie was gesagt?«

»Nein, nichts Besonderes. Sie fährt jetzt erst mal mit ihrer Tochter nach Amerika.«

»Und Gesa?«

Sie lachte hysterisch auf. »Sie hat mich angemeckert, weil ihre Kreditkarte gesperrt ist. Kann ich doch nix dafür.«

Das konnte ich mir gut vorstellen, dass Gesa, die den Luxus der Unternehmergattin so sehr liebte, sauer war. »Hast du eine Ahnung, warum das so ist?«

»Da waren so ein paar Typen von der Bank in der Buchhaltung. Die Kuh Blomberg war auch dabei. Ich glaube, hier geht alles den Bach runter.«

Eigentlich hätte ich mir das denken können. Vielleicht hatte Immo Geld für sein Vorhaben auf der Insel Spiekeroog aus der Firma gezogen? Dies wäre zumindest möglich. »An deiner Stelle würde ich mich schon mal nach etwas anderem umsehen.«

»Schon in Arbeit«, meinte Ava, jetzt wesentlich besser gelaunt. »Ich gehe wahrscheinlich nach Bremen. Neue Wohnung, neue Arbeit, neue Freunde … ja, genau das brauche ich jetzt.«

»Ich wünsche dir viel Glück«, sagte ich.

Ava stand auf und umarmte mich. »Für dich auch alles Gute.« Sie sah zum Fenster. »Ich werde das alles hier vermissen, wenn ich in der Großstadt wohne, aber das muss jetzt sein.«

Als ich die Bürotür hinter mir geschlossen hatte, sah ich mich im Flur, in dem das schreckliche Verbrechen stattgefunden hatte, um. Auch jetzt, zu einer wesentlich früheren Tageszeit als zur Tatzeit, war es recht düster hier drin. Ralf war gegen 22 Uhr erschlagen worden, da musste es doch stockdunkel hier gewesen sein. Vom Flur gingen vier Türen ab. Eine davon führte zu einem hinteren Treppenhaus des Gebäudes. Das einzige Fenster ging zum Hof raus. Dort gab es zwei Laternen, die sicherlich bei völliger Dunkelheit nur wenig Licht in den Flur ließen. Für mich stand fest, dass derjenige, der die Tat ausgeführt hatte, sich hier gut auskennen musste, und das grenzte den Kreis der möglichen Täter extrem ein.

Ich verließ das Gebäude und trottete frustriert

Richtung Café Kluntje. Wahrscheinlich hatte die Polizei den gleichen Gedankengang gehabt, aber trotzdem niemanden dingfest machen können.

Jetzt fing es ordentlich an zu regnen. Der Wind trieb mir das Wasser ins Gesicht. Innerhalb von ein paar Minuten war ich nass bis auf die Haut. Ich beschleunigte meine Schritte.

Ich war fast zu Hause angekommen, als mein Telefon klingelte. Es war Bertus.

»Emely, bist du zu Hause?«

»Ja, gleich. Warum?«

»Ich habe Neuigkeiten«, verkündete der Ex-Kommissar. »In zwanzig Minuten bin ich bei dir.«

Meine Laune wurde schlagartig besser und es machte mir auch nichts mehr aus, dass sogar meine Unterhose klitschnass war.

27

Ich hatte gerade noch Zeit, meine nassen Klamotten auszuziehen und in meinen ausgeleierten Jogginganzug zu schlüpfen, als Bertus schon Sturm klingelte.

»Moin Bertus, komm rein«, bat ich ihn. »Ich bin auch gerade erst nach Hause gekommen, ich war pitschnass.«

»Ja, das Wetter«, lamentierte er, »ich merke es in den Knochen.«

»Komm mit in die Küche. Setz dich, ich mache uns einen heißen Tee. Himbeere oder Türkischapfel?«

»Wie äääh … was?«

»Der Tee, magst du lieber Himbeertee oder türkischen Apfeltee?«

»Wenn dann schon Himbeere, das andere kenne ich nicht.«

Während Bertus es sich auf meinem Küchensofa gemütlich machte und umständlich sein Notizbuch aus seiner Jackentasche zog, brühte ich den Tee auf und setzte mich zu ihm an den Tisch.

»Jetzt kannst du anfangen«, forderte ich ihn auf, »was hast du erfahren?«

»Mein junger Kollege hat mich informiert, dass man in Immo van der Püttens Wohnung in Wittmund Drogen entdeckt hat. Marihuana und Kokain.«

Jetzt war ich platt. »Das ist doch die heimliche Wohnung, in der er mit seiner jeweiligen Gespielin seine Zeit verbracht hat.«

»So wie es aussieht, erfüllte sie noch einen weiteren Zweck«, ergänzte er. »Es gibt auch noch Aufzeichnungen über Zahlungen und diverse Lieferungen der Rauschgifte. Außerdem fand man noch hundertzwanzigtausend Euro Bargeld in einem doppelten Boden im Wandschrank.«

»Mit anderen Worten, er war ein Drogenhändler?« Ich konnte es kaum glauben. Da hatte Teelse gar nicht so unrecht, ohne die Wahrheit zu kennen.

»Da ist noch etwas. Auf einem weiteren Handy, welches die Kollegen in der Wohnung vorgefunden haben, gab es eine Textnachricht von Ralf van der Pütten. Diese hatte er ungefähr vor zwei Monaten an seinen Bruder geschickt. Er hat ihn darin unmissverständlich aufgefordert, seinen Lebenswandel zu ändern und die Sache mit den Drogen sofort einzustellen. Ansonsten würde er dafür sorgen, dass Immo als Geschäftsführer abgesetzt und die Behörden von seinen illegalen Machenschaften Kenntnis erhalten würden.«

»Dann hat Ralf von den illegalen Geschäften gewusst?«

»Das ist ja nun bewiesen.« Sorgfältig verstaute er sein Notizbuch wieder in der Jackentasche und nippte vorsichtig an dem Tee. »Schmeckt gar nicht so übel, ungewöhnlich, aber sehr vollmundig.«

Meinen Tee hatte ich noch nicht angerührt. »Das heißt ja, dass Immo mehr als nur einen Grund hatte, seinen Bruder mundtot zu machen. Ralfs Drohung war ja unmissverständlich.« Und vielleicht nicht nur mundtot, dachte ich bei mir und trank einen Schluck Tee.

»Genau das ist auch die Meinung der Kollegen in Wittmund. Wie es scheint, ist es mehr als sicher, dass Immo seinen Bruder getötet hat.«

»Dann ist die Sache also zu Ende?«

»So gut wie«, meinte Bertus. »Die Akte wird zwar nicht geschlossen, es bleibt ja immer noch die Hoffnung, dass sich neue Erkenntnisse ergeben.«

Ich war frustriert. »Schade, dass man nicht mehr weiß, auch wenn es sehr wahrscheinlich ist, dass Immo seinen Bruder loswerden musste, damit nicht alles auffliegen konnte.«

Ich hasste alle Dinge, die nie zu Ende gebracht wurden und mich rat- und ergebnislos zurückließen. Genau aus diesem Grund schaute ich auch keine Serien im Fernsehen an. Die Geschichten zogen sich oft über viele lange Folgen dahin, ehe man die Auflösung bekam. Schlimmer war für mich aber die

Tatsache, wenn ich aus Zeitnot das Ende verpasste, obwohl ich mich durch unzählige Folgen gequält hatte. Mein Sohn hatte sich einmal fast kaputtgelacht und mich auf die Streamingdienste der jeweiligen Sender verwiesen. Die Handhabung dieser Dinge war mir aber viel zu kompliziert.

»Tja Emely, das tut mir jetzt aber leid«, erklärte Bertus und trank den Rest seines Tees. »Ich weiß ja, wie gerne du Verbrechen aufklärst.« Er stand auf, knöpfte seine Jacke zu und legte seine Hand auf die Klinke meiner Wohnungstür. »Ich wollte dir das persönlich sagen, aber die Sache ist so gut wie zu Ende.«

Als Bertus gegangen war, nahm ich eine heiße Dusche, aber an Entspannung war gar nicht zu denken. Ich sollte jetzt niemandem mehr nachspionieren? Das würde mir sicherlich schwerfallen. In der Nacht träumte ich von einem Mann, der mit einer Zeitung in der Hand hinter mir herrannte und immerzu rief: *Sensationen, lesen Sie die aktuellen Sensationen.*

Wilko weckte mich am nächsten Morgen. »Du hast schon wieder verpennt.« Grinsend stand er vor meinem Bett. »Leevke hat aber gesagt, du kannst heute freimachen, es wäre nicht viel los, weil die Ferien zu Ende sind.«

Erfreut nahm ich zur Kenntnis, dass ich tun und lassen konnte, was ich wollte. Die Arbeit, die in meinem Büro auf mich wartete, konnte ich auch an einem anderen Tag erledigen.

Annalotta war schon zur Schule aufgebrochen. Lustlos saß ich am Tisch, blätterte in der Ostfriesen-Zeitung und trank meinen Morgenkaffee. Was sollte ich nur mit diesem freien Tag anfangen? Ich könnte die Fenster putzen oder meinen Kleiderschrank ausmisten, denn die Hälfte der Klamotten passte mir sowieso nicht mehr.

Da hatte ich eine viel bessere Idee. Ich holte mein Fahrrad aus der Garage und fuhr zum Hotel Deichhuske. Renate fand ich im Frühstücksraum am Buffet. Sie balancierte einen Teller auf ihrem linken Unterarm, während sie versuchte, sich eine Schale Müsli zuzubereiten.

»Moin Renate, warte, ich nehme dir den Teller ab.«

»Ach Emely, das ist aber lieb«, grinste sie mich an. »Ich habe immer noch einen dicken Kopf vom Alkohol.«

Ich folgte ihr an einen Fenstertisch und setzte mich unaufgefordert hin. »Ich denke, du hast schon von den Dingen gehört, die man in Immos Wohnung gefunden hat?«

»Und ob, die Bullen waren schon bei Gesa.« Sie belegte eine Brötchenhälfte mit Schinken und Käse. »Ich war gerade zufällig bei ihr.«

»Hat sie davon etwas geahnt?«

»Nöö, davon nicht«, nuschelte sie, »ich meine, dass er das Sauzeug vertickt hat. Von der Wohnung wusste sie. Er hat ja da mit seinen Dämchen herumgevö… du weißt schon.«

»Wahrscheinlich wusste fast jeder davon.« Mein Magen fing an zu knurren. Renate schien das gehört zu haben.

»Hast du Hunger?« Ohne meine Antwort abzuwarten, machte sie der jungen Frau in der Hoteluniform ein Zeichen. »Schreiben Sie doch bitte noch ein Frühstück auf mein Zimmer. Meine Freundin ist mein Gast.«

»Das ist aber lieb von dir«, freute ich mich und bediente mich ebenfalls an dem reichhaltigen Frühstücksbuffet.

»Und wie lange bleibst du noch hier?«, wollte ich von Renate wissen, die zum Abschluss des opulenten Mahls noch eine Schale mit Obstsalat vertilgte.

»Mal sehen, ein paar Tage vielleicht«, teilte sie mir mit und goss noch ein wenig Sahne über das Obst. »Mein Auto ist ja wieder fit, aber ich will heute Nachmittag zu Gesa. Ich habe ihr versprochen, ihr dabei zu helfen, Immos Klamotten aus dem Haus zu schaffen.«

»Das finde ich aber nett von dir.«

Renate lachte. »Sie wollte die Sachen auf offener Straße verbrennen, aber ich habe ihr gesagt, das ginge nicht. Die hat eine Mordswut auf ihren

Mann.« Sie schüttelte den Kopf. »Was ist nur aus meinem Bruder geworden? Tante Tinka hat uns doch zu rechtschaffenen Menschen erzogen.«

»Manchmal weiß man nicht, wieso ein Mensch sich so verhält.«

Renate sah auf ihre Uhr. »Ich muss meinen Verleger anrufen, er hat mir geschrieben, dass die dritte Auflage gedruckt werden soll.«

»Danke fürs Frühstück.«

»Da nich für.« Sie ruckelte an ihrer Hose. »Wenn du Zeit hast, geh doch mal bei Gesa vorbei, der geht es wirklich nicht gut.«

Ich nickte, denn genau das passte mir in den Kram und gab mir das Gefühl, ich wäre auf der Suche nach etwas.

Gesas Wohnung lag in der weiträumigen Villa auf dem Firmengelände. Auf mein Klingeln hin riss sie die Tür auf. »Ich dachte, es wäre Renate. Komm rein.«

»Moin«, sagte ich. »Renate meinte, es ginge dir nicht gut, deshalb …« Ich sah mich um. »Was ist denn hier passiert?« Überall lagen Kleidungsstücke, Bücher und Schallplatten herum.

»Der ganze Mist kommt weg«, schimpfte Gesa. »Ich kann die Sachen nicht mehr sehen.« Sie trat gegen einen Stapel Bücher, der krachend in sich zusammenfiel. »Und wenn ich Pech habe, kann ich auch noch aus dieser Wohnung ausziehen.«

»Warte doch erst mal ab«, beschwichtigte ich die aufgebrachte Witwe.

»Komm mit ins Wohnzimmer, ich brauche jetzt eine Stärkung.« Geschickt öffnete sie eine Flasche Sekt. »Hier, das wird dir guttun.« Sie reichte mir ein gefülltes Glas. »Ich trinke das nur für den Blutdruck, obwohl meiner jetzt schon bei zweihundert ist.« Sie stürzte den Inhalt des Glases auf einmal hinunter.

»So jung kommen wir nicht mehr zusammen«, trällerte die trauende Witwe und nötigte mir noch ein Glas Sekt auf. »Stell dich nicht so an … das Leben muss ja weitergehen.«

In der darauffolgenden halben Stunde musste ich mir sämtliche Eheverfehlungen des verblichenen Gatten anhören. Erstaunt stellte ich fest, dass sie das Alter, den Namen und den Beruf der jeweiligen Gespielin ihres Mannes kannte.

Als Gesa wieder nach der Sektflasche griff, verabschiedete ich mich schnell. Es war noch nicht einmal Mittag und mein Inneres schwankte bedenklich.

Man sollte sich auch nicht nach dem Genuss von prickelndem Sekt auf ein Fahrrad setzen. Diese Erkenntnis ereilte mich spätestens, als ich gegen den Bordstein fuhr und wie ein nasser Sack auf den Gehweg fiel.

28

Ein junger Postbote half mir wieder auf die Beine. »Das sieht aber böse aus.« Er zeigte auf meinen Knöchel, der bereits die Größe einer Pampelmuse angenommen hatte. Er organisierte ein Taxi, welches mich zu meiner Hausärztin brachte.

»Ihr Knöchel ist verstaucht, deshalb die Schwellung. Sie sollten das Bein ein paar Tage nicht belasten.«

»Dann kann ich jetzt ja nach Hause gehen?«

»Selbstverständlich Frau Petersen, aber ich hätte Sie für vernünftiger gehalten.« Sie machte eine Bewegung, als ob sie etwas trinken würde. »Auch wenn man nur mit dem Fahrrad unterwegs ist, sollte man auf Alkohol verzichten.«

»Ich weiß«, gab ich kleinlaut zu, »aber ob Sie es mir glauben oder nicht, es handelte sich in diesem Fall um einen Kondolenzbesuch und um den notwendigen Beistand für eine trauernde Witwe.«

»Sie glauben ja gar nicht, was ich schon alles gehört habe.« Sie umwickelte meinen Knöchel mit einer elastischen Binde. »Ich hatte mal einen Patienten, den die Polizei angehalten und Alkohol in seinem Blut festgestellt hatte. Was glauben Sie, was er zu Protokoll gegeben hat? Er habe eine große Portion Blumenkohl gegessen und der hätte sich dann in seinem Magen durch Gärung zu Alkohol verwandelt.«

Sie gab mir noch eine Salbe und schickte mich nach Hause.

Wilko holte mir bei Netti Horsts alte Krücken. Leevke besprach mit mir noch ein paar organisatorische Dinge. Selma brachte mir zwei Stück Sahnetorte nach oben. »Ruh dich aus, unten läuft alles.«

Da lag ich nun auf meinem Sofa, humpelte hin und wieder in die Küche oder unterhielt mich mit Annalotta, die gnädigerweise eine Tasse Tee mit ihrer geschundenen Mutter trank und ein paar Neuigkeiten aus der Schule erzählte.

Das ging die nächsten drei Tage so weiter. Ich langweilte mich zu Tode. Mindestens vier Liebesfilme und ein paar Krimis sah ich mir an, wobei ich meistens vor dem Zugriff der Ermittler wegnickte. So geht das nicht weiter, ermahnte ich mich selbst, nicht mit der Faulheit und auch nicht mit der Rumschnüffelei. Ich brauchte unbedingt ein neues Hobby. Aber was? Handwerklich war ich nicht begabt. Ich konnte weder zeichnen noch basteln.

Am vierten Tag – die Schmerzen hatten nachgelassen und die Schwellung des Knöchels war zurückgegangen – konnte ich wieder ohne Krücken durch die Gegend humpeln. Mich krampfhaft am Treppengeländer festhaltend, schleppte ich mich runter ins Büro, um etwas Ordnung in meine liegengelassene Arbeit zu bringen.

Nach einer halben Stunde gab ich auf, schaute nur kurz bei Selma vorbei und begab mich wieder nach oben. Leevke hatte alles voll im Griff, wie sie mir mehrmals am Tag telefonisch mitteilte.

Netti kam zwischendurch nach oben und berichtete mir den neuesten Tratsch aus dem Ort. Gesa war angeblich in ein Wellnesscenter abgehauen und Ava Terveer hatte sich bereits aufgemacht, um in Bremen ein neues Leben anzufangen.

Teelse hatte inzwischen alle Bücher im Café nach Farben sortiert. Sie war der Ansicht, dieses Gesamtbild wäre ruhiger fürs Auge. Ich ließ sie gewähren.

In der Kommode im Flur fand ich einen angefangenen Schal, den ich in überschwänglicher Euphorie und Schaffensdrang vor mindestens vier Jahren begonnen hatte. Ratlos sah ich mir das Gewusel aus Nadeln und Wolle an. Wie ging das nochmal?

Ein Segen, dass man im Internet alle Informationen fand, die man suchte. Ich schaute mir mehrere Videos an, um zu verstehen, wie man solche Dinge, wie in meinem Fall die Stricknadeln, handhaben musste. Ich bemühte mich wirklich, aber meine

Hände taten nicht das, was ich wollte.

Kakao, ja eine Tasse Kakao würde mir jetzt guttun. Ich fand sogar noch einen Rest Sprühsahne, der dem ganzen Genuss noch die Krone aufsetzte.

Roswitha rief an. »Emely, bist du wieder auf den Beinen?«

»Ein bisschen wackelig, aber es geht.«

Die Hausdame räusperte sich. »Du solltest mal herkommen. Irgendwas ist merkwürdig.«

»Was meinst du?« Vergessen war das neue Hobby, mein Jagdfieber war erwacht.

»Bei uns gab es heute Morgen Probleme mit der Elektrik. Und nachdem der Elektriker alles wieder instandgesetzt hatte, bat mich Renate, doch mal in ihrem Zimmer nachzusehen, da im Bad immer noch kein Licht brennen würde. Sie selbst wäre auf dem Weg nach Esens, um einige Besorgungen zu machen und käme erst gegen 20 Uhr zurück.«

»Und was war mit dem Licht im Bad?« Die Sensation hielt sich ja in Grenzen.

»Ich bin rauf in ihr Zimmer. Es war nur die Birne kaputt, sonst nichts.« Roswitha zögerte. »Ich weiß auch nicht warum, aber unter dem Bett stand so ein dunkelbrauner Diplomatenkoffer und da habe ich mal reingeguckt. Es lag ein Stapel Papiere mit einem Gummi zusammengebunden darin.«

»Ein Manuskript?«

»Ich denke ja … ja, es war der Ausdruck eines

Romans. Ich habe den Anfang durchgelesen und erkannte sofort, dass es Renates Buch war, welches ich gelesen hatte.«

»Wieso schleppt sie ein Manuskript von einem Buch mit sich herum, welches schon gedruckt und im Verkauf ist?«

»Das habe ich mich auch gefragt. Weißt du, was komisch war? Oben unter dem Buchtitel stand ein völlig anderer Autorenname.«

»Vielleicht Harriet Archjohn?«

»Nein, da stand Lisette Sommer.«

29

Vergessen war mein lädierter Knöchel. In Windeseile zog ich mich komplett an und fuhr mit meinem Bulli zum Hotel. Roswitha stand unten in der Halle und wartete auf mich.

»Gut, dass du so schnell kommen konntest.«

»Das lasse ich mir doch nicht entgehen!« Leicht humpelnd folgte ich Roswitha nach oben in das Stockwerk, in welchem Renates Zimmer lag.

»Wann kommt sie zurück?«

»In gut einer Stunde«, flüsterte Roswitha und öffnete das Zimmer. »Rosi vom Empfang weiß Bescheid. Wenn Renate aufkreuzt, ruft sie mich an.«

»Dann werden wir wenigstens nicht erwischt.«

Schnell zog Roswitha den Koffer unter dem Bett vor und öffnete ihn. »Hier«, sie zeigte auf den Stapel Papier, »da steht ein komplett anderer Name. Lisette Sommer.«

»Stimmt.« Der Buchtitel stimmte überein, aber der Autorenname nicht. »Das ist ja merkwürdig.«

Schnell überflog ich die erste Seite. Tatsächlich, genau diese Sätze hatte ich in Renates Bestseller gelesen. Mit meinem Handy machte ich ein Foto von der ersten Seite des Manuskriptes und achtete darauf, dass man den Autorennamen Lisette Sommer gut lesen konnte.

»Kann es sein, dass sie den Bestseller überhaupt nicht selber geschrieben hat?«, überlegte die Hausdame. »Sie kann das ja auch geklaut haben.«

»Das wäre ja der Hammer.« Per Spracheingabe befragte ich Google in meinem Handy nach dem Namen Lisette Sommer. Wir erfuhren, dass die Schweizer Schriftstellerin, die vor ungefähr einem Jahr verstorben war, mehrere Kriminalromane verfasst hatte, die allesamt auf den Bestsellerlisten in der Schweiz und in Österreich gelandet waren.

»Die hat das echt geklaut.« Ich war perplex.

»Wahrscheinlich ist das hier in Deutschland niemandem aufgefallen, weil sie im Ausland veröffentlicht hat. Sie war sicherlich hier nicht so bekannt.« Roswitha klappte den Koffer zu und schob ihn wieder unter das Bett. »Was machen wir jetzt?«

Ratlos zuckte ich mit den Schultern. »Wir können nichts beweisen. Und wem sollten wir das auch schon mitteilen, dass sie alle Welt beschissen hat?«

»Das kam mir die ganze Zeit spanisch vor«, entrüstete sich Roswitha, »so ein Trampeltier wie Renate kann doch nicht so feinfühlig und raffiniert schreiben.«

Mein Blick fiel auf einen Terminplaner aus Leder,

der auf dem Schreibtisch lag. Es waren Zettel, Fotos und Quittungen darin. Wahrscheinlich alles Dinge, die die Autorin in ihrer Buchhaltung abheften wollte. Ein Beleg stach mir sofort ins Auge. Er war vom Betreiber des Campingplatzes in Carolinensiel ausgestellt, und zwar über zwei Übernachtungen und eine Duschmarke.

»Roswitha, wann war die Firmenfeier der Lichtmacher?«

»Keine Ahnung. Ich war doch gar nicht da.«

»Das haben wir gleich.« Ich rief Selma an. »Wann hatte Fridjof seine Darmspiegelung?«

»Emely, was ist denn los?«

»Selma, sieh auf dem Kalender nach, bitte.«

Es raschelte in der Leitung. »Am 28. September«, teilte sie mir mit, »aber jetzt sag mir mal, warum du wissen willst, wann mein Mann sich seine Innereien hat begutachten lassen.«

»Das war doch an dem Tag, an dem das Firmenjubiläum stattgefunden hat, oder?«

»Ja, das war genau der gleiche Tag. Aber bist du jetzt total durchgeknallt?«

»Ich erkläre dir alles morgen«, sagte ich noch schnell und legte auf.

Ich nahm die Quittung und sah noch einmal genau hin. »Die Quittung ist vom 29. September über zwei Übernachtungen.«

Roswitha verstand augenscheinlich nur Bahnhof.

»Das heißt, dass Renate doch schon einen Tag vor der Feier hier vor Ort war und nicht, wie sie uns erzählt hat, am Tag nach der Jubiläumsfeier aus dem Harz angereist ist.«

»Du meinst, sie war zwei Tage sozusagen heimlich auf dem Campingplatz?«

Ich nickte. »Hast du morgen Vormittag Zeit?«

»Ja, ich muss erst mittags arbeiten.«

»Ich hole dich um zehn Uhr bei dir zu Hause ab.«

Roswithas Handy klingelte. »Sie ist im Anmarsch«, teilte sie aufgeregt mit. Sie zog mich aus dem Zimmer und schloss es wieder ab. Ungesehen konnten wir über die Hintertreppe in die Halle gelangen. Von Renate war nichts mehr zu sehen.

Vereinbarungsgemäß stand Roswitha am nächsten Vormittag vor ihrer Wohnung. Sie trug einen dunklen Mantel und eine graue Wollmütze, die sie tief ins Gesicht gezogen hatte.

»Moin.« Ich öffnete ihr die Beifahrertür. »So kalt ist es doch gar nicht.« Ich zeigte auf ihre Mütze.

»Alle Welt weiß, dass du immer herumschnüffelst. Aber ich will da auf keinen Fall mit reingezogen werden.« Sie setzte sich und machte eine Bewegung, die bedeutete, ich könne jetzt losfahren.

Ich schlug den Weg zum Hotel ein.

»Du bist falsch«, rief Roswitha, »ich muss nicht arbeiten.«

»Ich will nur schnell etwas erledigen.« Renates

Bulli stand auf dem Hotelparkplatz. Ich machte zwei Fotos. »Jetzt können wir.«

Der Campingplatzbetreiber in Carolinensiel war ein kleiner, breiter Mann mit einer orangenfarbenen Pudelmütze am Kopf.

»Moin«, sagte ich, als ich das kleine Büro in der Holzhütte am Eingang betrat. »Ich möchte Sie etwas fragen.«

»Nur zu.« Er lächelte freundlich, schob seine Hände unter seine Hosenträger, zog sie nach vorne und ließ sie zurückschnellen. Anhand des ovalen Metallschildes an seiner Brust konnte ich sehen, dass es sich um Joke Akkermann handelte.

Ich hielt ihm das Foto von Renates Bulli hin. »Haben Sie den schon mal gesehen?«

Er zog eine Lesebrille aus der Brusttasche seines Hemdes. »Ja, der war mal hier. Ist aber bestimmt schon vier Wochen her.«

»Wissen Sie auch wie lange das Auto hier stand?« Ich wunderte mich, dass er nicht nachfragte, warum ich das alles wissen wollte. Er dachte bestimmt, ich würde meinem abtrünnigen Ehemann nachspionieren. Roswitha stand schweigend daneben, vergebens bemüht, sich unsichtbar zu machen.

»Da muss ich mal nachgucken.« Er blätterte in einem Buch, welches auf dem Tresen lag. »Ja, vom 27. bis 29. September.« Jetzt dämmerte es ihm. »Das war aber eine Frau? Die heißt … Er fuhr mit seinem Finger die Zeile entlang, bis er die gesuchten

Angaben gefunden hatte … Renate van der Pütten, ja so hieß die.«

Jetzt war ich erstaunt. »Sie hat Ihnen den Namen genannt?«

Joke grinste. »Stimmt, jetzt erinnere ich mich. Sie hat mir erst einen ganz anderen Namen genannt, aber als ich die Vorlage ihres Personalausweises verlangt habe, ist sie knallrot geworden und etwas von *Ich will meine Ruhe haben* oder so gefaselt.« Mit einem Knall klappte er das Buch zu. »Ich will hier in nix reingezogen werden. Was hat die Frau denn ausgefressen?«

»Nichts Schlimmes, nur eine unschöne Familienangelegenheit«, beschwichtigte ich den Mann. »Es geht um Erbstreitigkeiten.«

»Ach, das kenne ich«, entgegnete er sehr verständnisvoll. »Meine Tante war mit uns allen zerstritten, weil Onkel Eduard seine ganze Münzsammlung meinem Neffen vermacht hat.«

»Ja, es ist schon manchmal ein Kreuz«, pflichte ich ihm bei. »Die Dame … hat sie etwas Besonderes unternommen? Ist sie mal mit dem Auto weggefahren?«

»Nöö, sie wollte nur mal kurz ausspannen und hat die zwei Nächte auf der Rückbank in ihrem Bulli geschlafen.« Er schob das Buch unter den Tresen. »Doch, da war was … sie hat sich mein Fahrrad geliehen.«

»Und wann?«

»Das war einen Tag nach ihrer Ankunft. Gegen Abend hat sie mich gefragt, ob ich ihr ein Fahrrad leihen könnte.« Joke lachte grölend. »Das war mein Hochzeitstag, der 28. September, und meine Olle …« Er winkte ab. »Immer der gleiche Mist.«

»Du glaubst doch nicht, dass Renate mit dem Fahrrad nach Neuharlingersiel gefahren ist«, flüsterte mir Roswitha ins Ohr.

Der Mann hatte das wohl gehört. »Bis Neuharlingersiel sind es keine zehn Kilometer, das schafft man in einer halben Stunde. Sonst noch was, die Damen?«

»Nein, das war sehr freundlich von Ihnen, danke.« Ich lächelte ihn an, während Roswitha mit gesenktem Kopf sofort Jokes Büro verließ.

30

Nachdem wir Jokes Campingplatz verlassen hatten, liefen wir noch eine Weile ziellos durch Carolinensiel, gönnten uns im Puppencafé ein Stück Torte mit Ostfriesentee. Während der ganzen Zeit überlegten wir, ob Renate etwas mit Ralfs Tod zu tun haben könnte. Nach unseren Recherchen bestand ja durchaus die Möglichkeit, dass sie an diesem Abend nach Neuharlingersiel gefahren war. Aber erstens konnten wir das nicht beweisen und zweitens fiel uns kein schlüssiges Motiv ein.

»Ich habe mordsmäßig Hunger«, lamentierte die Hausdame, als wir auf dem Heimweg waren.

»Ich habe gedacht, du isst nie was?« Aus den Augenwinkeln betrachte ich ihre sehr schmale Figur, die noch nicht mal der dicke Mantel verbergen konnte.

»Ich weiß auch nicht, aber ich könnte jetzt ein Pferd essen.«

Ich änderte spontan meine Fahrtrichtung. »Dann nehme ich dich jetzt mit zu mir nach Hause. Annalotta hat gestern eine Lasagne gemacht und da ist noch mehr als die Hälfte übriggeblieben. Meine Tochter kocht immer so viel, als wären wir zehn Personen.«

»Du solltest deinen Kommissar anrufen«, empfahl mir Roswitha, als wir später in meiner Küche saßen. Die Lasagne war sehr gut und wir fühlten uns wohlig gesättigt. »Wenn du noch einen kleinen Kräuterlikör hättest? Nur zur Verdauung, dann wäre ich wunschlos glücklich.«

»Nichts leichter als das«, meinte ich und erfüllte Roswithas Wunsch umgehend.

»Und was ist jetzt mit deinem Kommissar?«, erinnerte sie mich noch einmal.

»Ich weiß nicht, ob ich ihn anrufen soll. Wenn ich Bertus jetzt erzähle, was wir herausgefunden haben, wird er seine Kollegen informieren und die werden mit Sicherheit Renate befragen.«

»Aber das läuft doch so, oder?« Sie hielt mir ihr leeres Likörgläschen hin. »Noch einen bitte.«

Das alles hatte ich mir während des Essens gut überlegt. »Wenn ich Bertus informiere, weiß ich überhaupt nicht, was hinter Renates Lüge steckt und werde das in naher Zukunft auch nicht erfahren. Und bisher ist ja noch gar nichts bewiesen. Das kann ja auch alles ganz harmlose Gründe haben, auch wenn das unwahrscheinlich ist.«

Sie leerte ihr Glas. »Ja, kann ja sein. Und was jetzt?«

»Weißt du, wann Renate abreisen will?«

»Nicht genau, aber ich könnte meine Kollegin eben anrufen.«

»Ja, mach das bitte.«

Nachdem die Verbindung zum Hotel hergestellt war, erfragte Roswitha bei ihrer Kollegin den Abreisetermin der Schriftstellerin.

»Übermorgen will sie weg«, teilte mir Roswitha nach Beendigung des Telefonats mit, »und warum wolltest du das wissen?«

»Ich habe da eine Idee.« Ich wählte Renates Nummer und stellte auf laut.

»Moin Emely, was gibt's?« Renates Stimme klang ein wenig verwaschen. Es hörte sich an, als hätte sie sich eingehend mit der Minibar beschäftigt.

»Ich nehme an, du machst dich bald auf den Heimweg. Was hältst du davon, wenn wir morgen noch mal zusammen frühstücken?«

»Gute Idee«, stimmte Renate zu. »Um zehn im Hotel? Ich bestelle dann schon mal für dich ein Frühstück mit.«

»Super, dann bis morgen.« Zufrieden legte ich auf.

Roswitha hatte interessiert zugehört und sah mich jetzt fragend an. »Und was versprichst du dir davon? Du gehst doch nicht nur wegen des Frühstücks dahin?«

In mir reifte eine noch recht vage Idee. »Das weiß ich auch noch nicht so ganz genau, aber ich hoffe, dass sie etwas preisgibt oder sich verplappert.«

»Na dann viel Glück.« Roswitha erhob sich schwerfällig. »Ich glaube, ich habe einen sitzen. Rufst du mir ein Taxi?«

Nachdem ich die Hausdame erfolgreich nach Hause geschickt hatte, suchte ich in meinem Laptop noch einmal nach der Schriftstellerin Lisette Sommer. Es gab unzählige Artikel über Lesungen, Preisverleihungen oder Autorentreffen. Auf einem der Bilder sah ich eine etwas jüngere Renate, die – ungewöhnlich schick gekleidet – neben der Schweizerin stand. Sie kannten sich also, stellte ich fest. Aber wie war sie an das Manuskript gekommen? Da Lisette Sommer tot war, konnte diese ja keinen Einspruch wegen einer unrechtmäßigen Veröffentlichung einlegen.

Zufrieden ließ ich mir ein Vollbad ein, nahm Renates Buch und legte mich in die Wanne. Nachdem der Verdacht im Raum stand, dass Renate diesen Text nicht persönlich verfasst hatte, verstärkte sich bei mir der Eindruck, dass dies sehr gut möglich war. Die Autorin, die die Protagonisten in allen Facetten beschrieben hatte, konnte unmöglich Renate sein. Aber konnte ich mir sicher sein? Vielleicht war die frühere Erfolglosigkeit der Autorin nur Zufall und dem allgemeinen, sich in regelmäßigen Abständen wechselnden Publikumsgeschmack geschuldet? Es war ja hinlänglich bekannt, dass man Menschen nie nach dem Äußeren beurteilen sollte.

So, jetzt war Schluss mit lustig. Ich legte das Buch zur Seite und genoss mein angenehm duftendes Orange-Zimt-Schaumbad, welches mir Netti zu meinem Geburtstag geschenkt hatte. Mit einer Tasse Kakao und dem Genuss eines englischen Liebesfilms gelang es mir tatsächlich, Renate und die damit zusammenhängenden ungeklärten Fragen aus meinem Kopf zu verbannen.

Am nächsten Vormittag, das Café Kluntje hatte ich in der Obhut der umsichtigen Leevke gelassen, betrat ich das Hotel Deichhuske. Renate fand ich erwartungsgemäß im Frühstücksraum, wo sie schon einen Fenstertisch für uns in Beschlag genommen hatte.

Sie schien sich aufrichtig zu freuen, mich zu sehen.

»Hol dir was Leckeres vom Büffet«, forderte sie mich auf, »zu Hause bekommt man ja nie so ein opulentes Mahl am frühen Morgen.«

Wir genossen Lachs, französischen Käse und Obstsalat, während wir uns locker über dieses und jenes unterhielten. Ihre Familie erwähnte sie mit keinem Wort, sondern berichtete über ihren aktuellen Plan, im nächsten Sommer in Nordholland ein Ferienhäuschen zu mieten, um dort an ihrem nächsten Roman zu arbeiten.

»Hast du das schon öfter gemacht?«, wollte ich von ihr wissen.

»Was meinst du?«

»Das mit dem Ferienhaus am Meer.«

Sie legte ihr Brötchen auf den Teller und lehnte sich zurück. »Ich schreibe ja nun schon eine geraume Zeit, aber früher habe ich sehr wenig verdient. Ich hatte zwar einen Verlag gefunden, aber wenn die halbjährliche Abrechnung kam, wurde mir fast schlecht. Manches Mal wusste ich nicht, wie ich meine Rechnungen bezahlen sollte.«

»Und jetzt ist das anders?«

»Um Längen besser. Ich verdiene gut, kann mir einiges leisten. Unter anderem einen mehrwöchigen Aufenthalt am Meer. Die letzten beiden Bücher waren sogar Bestseller.«

»Alle Achtung«, meinte ich, »das nennt man dann ja wohl einen durchschlagenden Erfolg.«

Ob diese erfolgreichen Bücher Lisettes Manuskripte waren, die sie sich unter den Nagel gerissen hatte? Ich war mir fast sicher, dass es so war, aber was hatte das alles mit dem Tod von Ralf zu tun? Gar nichts, beantwortete ich mir die Frage selbst, rein gar nichts.

Ohne dass ich nachfragen musste, plauderte Renate weiter drauflos. Sie erzählte von ihren Reisen, von den Treffen mit Kollegen und den Erlebnissen auf den Buchmessen. »Weißt du, früher habe ich mir immer genau überlegen müssen, ob ich überhaupt wegen der hohen Fahrtkosten zu den Veranstaltungen reisen konnte, aber es gab doch immer nette Kollegen, die mich währenddessen bei sich zu Hause aufgenommen haben.«

»In einer Wochenzeitschrift habe ich mal einen Artikel gelesen, dass dies ja ähnlich bei den bildenden Künstlern ist«, erwähnte ich und zerbrach mir den Kopf, wie ich das Gespräch unauffällig auf die Schweizer Schriftstellerin lenken sollte. Renate lieferte mir kurz darauf das Stichwort.

»Liest du auch viel? Ich meine Krimis und Thriller.« Herzhaft biss mein Gegenüber in ein Brötchen mit Matjes und Zwiebeln.

»Mein Bücherkonsum hält sich in Grenzen«, bekannte ich, »ich bin abends so müde, dass ich mir lieber Filme im Fernsehen ansehe. Nicht unbedingt Krimis, lieber Komödien. Aber vor Jahren habe ich mal ein beeindruckendes Buch einer Schweizer Autorin gelesen. Wie hieß die noch? Ich komme nicht drauf.«

War Renate nicht gerade um eine Spur blasser geworden?

»Da gibt es sicherlich viele«, stotterte sie und starrte mich an.

»Warte kurz. Der Name war … eine Schulfreundin hieß so … ja, Lisette … und der Nachname war irgendeine Jahreszeit.«

»Vielleicht Herbst.« Ihre Stimme klang monoton.

»Nee, ich weiß jetzt … Sommer. Kennst du sie?«

Das Brötchen mit Matjes und Zwiebel fiel auf Renates Teller. »Ja, kann möglich sein, aber ich kann mich nicht erinnern.«

So kam ich nicht weiter. Zur Sicherheit hatte ich ja die erste Seite des Manuskripts fotografiert. Auf meinem Telefon öffnete ich die entsprechende Bilddatei und hielt diese Renate hin. »Dieses Buch habe ich gelesen, zumindest die ersten Seiten«, informierte ich die erstaunt dreinblickende Autorin. »Aber auf dem Exemplar stand ein anderer Name, nämlich dein Pseudonym Harriet Archjohn.«

Mit zitternden Händen nahm Renate mein Telefon an sich und stierte auf das Foto. »Wie bist du draufgekommen?«

»Sagen wir mal, glückliche Umstände haben mich zu dieser Erkenntnis geführt.«

»Und wie viel weißt du?«

Was meinte sie damit? War das nicht genug? War so ein Diebstahl eine Straftat? Wie war es dazu gekommen?

»Ich weiß alles, fast jedenfalls.«

»Ja dann …«, stöhnte sie resigniert und lehnte sich zurück. »Es hat alles vor ein paar Jahren angefangen …«

31

Renate van der Pütten schrieb schon seit vielen Jahren Bücher, meist Kriminalromane, aber in der Regel erfolglos. Nach langen Überlegungen legte sie sich ein englisch klingendes Pseudonym zu und siehe da, ein kleiner Verlag biss an. »Ich kann Ihnen nichts versprechen, aber wir tun unser Möglichstes«, hatte der Verleger gemeint.

Viel kam nicht dabei herum. Sie schrieb und schrieb, viele Manuskripte wurden abgelehnt. Zwischendurch jobbte sie in einem Einkaufscenter, um überhaupt über die Runden zu kommen. Sie bemühte sich um Kontakt mit Kollegen und lernte eines Tages bei einer Buchmesse in Wien Lisette Sommer kennen.

Nach einer durchgemachten Nacht mit viel Rotwein waren sie und Lisette die besten Freundinnen.

»Mein Haus ist auch dein Haus«, sagte die Schweizerin bei jedem Besuch Renates. Oft blieb sie mehrere Wochen in den Bergen, schrieb weiter an ihren Entwürfen, begleitete Lisette zu Lesungen und Buchmessen und lernte deren Freunde kennen.

»Ich muss dir was sagen«, gestand ihr Lisette eines Tages, als sie bei Renate im Harz anrief. »Die Lunge … da ist ein Schatten … ich muss operiert werden.«

Renate befürchtete das Schlimmste und eilte auf der Stelle in die Schweiz, um ihrer Freundin beizustehen.

Die Operation verlief gut, war aber nicht erfolgreich. »Kannst du noch ein bisschen hierbleiben?«, bat die Kranke ihre Freundin. »Ich fühle mich etwas angeschlagen.«

»Das ist doch selbstverständlich«, bekräftigte Renate, »ich bleibe so lange bei dir, bis du wieder gesund bist.«

Sie vermietete ihre Wohnung im Harz an ein Rentnerehepaar aus Düsseldorf, aber nur so lange, bis sie aus der Schweiz zurückkehren würde.

Die beiden Frauen kochten zusammen, entwarfen Geschichten und schrieben als Autorenduo etliche Kurzgeschichten.

Lisette ging es immer schlechter. Dankbar nahm sie die Unterstützung ihrer Freundin an. Renate fuhr sie zum Arzt, zur Bewegungstherapie und kümmerte sich um eine gesunde Ernährungsweise. Abends saßen sie zusammen, erfanden Geschichten und begannen, ein Theaterstück zu schreiben.

Anderthalb Jahre nach der Operation verstarb Lisette plötzlich im Schlaf. Renate organisierte die Beerdigung und räumte im Einverständnis mit dem

Vermieter Lisettes Haus aus. Bei dieser Gelegenheit fand sie zwei unveröffentlichte Manuskripte ihrer Freundin, die in einem Schuhkarton unten im Kleiderschrank lagen. In den nächsten Tagen las Renate alles, was Lisette geschrieben und im Verborgenen gehalten hatte. Renate war felsenfest davon überzeugt, dass diese Geschichten jeden Verleger und zukünftige Leser überzeugen würden. Sie räumte das Haus komplett leer und die Manuskripte in ihren Koffer. Zuversichtlich fuhr sie zurück nach Hause.

32

»Ich wollte das nicht an mich nehmen, aber es hat mich gereizt«, beendete Renate ihren Bericht. »Ich sah es auch ein wenig als Belohnung für meinen Beistand während Lisettes Krankheit an.«

Es war fast so, wie ich mir das gedacht hatte. Sie hatte diese wohl formulierten Sätze nicht selber geschrieben, aber die Anerkennung dafür eingeheimst. Renate wirkte nicht gerade erleichtert nach ihrer Beichte. Plagte sie das schlechte Gewissen?

»Was machst du jetzt?« Nervös wischte sie mit dem Zeigefinger die Brötchenkrümel auf ihrem Teller zusammen. »Verpetzt du mich jetzt?«

Was sollte ich ihr antworten? Wem würde es nützen, wenn ich ihre Verfehlung an die große Glocke hängen würde? »Von mir aus habe ich deine Geschichte in den nächsten fünf Minuten vergessen. Deine Freundin ist tot und niemand hätte einen Vorteil davon, wenn ich es jemandem erzähle.«

»Danke«, krächzte Renate. »Danke Emely, das vergesse ich dir nie.«

»Es muss dir doch peinlich gewesen sein, als du die Auszeichnung für deinen Roman bekommen hast, oder?«

Renate wiegte den Kopf hin und her. »Ganz so schlimm war es nicht. Ich hatte alles noch einmal überarbeitet, hier und da eine kleine Änderung vorgenommen, aber du hast recht. Ich glaube, ich habe das nur gemacht, damit ich vor mir selbst sagen kann: Ein bisschen ist das Ganze auch meins.«

»Hat die Tatsache, dass du am Vortag der Firmenfeier bereits in Carolinensiel auf den Campingplatz warst, etwas damit zu tun?«

»Woher weißt du das denn schon wieder?« Sie wurde merklich ungehalten.

»Sagen wir so, das habe ich nur durch einen Zufall mitbekommen. Warum hast du dich denn von deiner Familie ferngehalten?«

»Ich wollte ja an den Feierlichkeiten teilnehmen, aber habe es mir anders überlegt. Du kennst die Mischpoke ja, die tun mir einfach nicht gut.«

Diese Erklärung war an den Haaren herbeigezogen, da war ich mir sicher. Aber etwas anderes konnte ich ihr ja nicht unterstellen. »Okay, lassen wir das. Aber ich hätte noch eine Frage. Weiß außer mir noch jemand von den gestohlenen Manuskripten oder konntest du das bis jetzt geheim halten?«

»Wieso? Was soll die Frage?« Plötzlich saß sie aufrecht da und funkelte mich an. »Wie kommst du darauf?« Ihre Stimme klang eisig.

Ihre Reaktion fand ich ein wenig unangemessen. Das war doch nur eine einfache Frage gewesen. »Nur so, ohne einen besonderen Grund.«

»Solche Geheimnisse sollte man tunlichst für sich behalten, sonst bekommt man nur Unannehmlichkeiten und muss dann die Konsequenzen sein ganzes Leben lang mit sich herumtragen«, keifte Renate jetzt ziemlich laut. Hektisch griff sie nach ihrer Serviette und zerknüllte sie.

Ein Ehepaar am Nachbartisch sah zu uns herüber. Der Mann schüttelte missbilligend den Kopf.

»Entschuldige Emely, ich wollte nicht …« Renate wirkte jetzt ziemlich zerknirscht. »Ich habe panische Angst, dass der ganze Kram eventuell rauskommen würde.«

Ich bekräftigte noch einmal, dass ich keine Veranlassung sah, irgendeinem Menschen von der Tatsache zu berichten, dass sich die erfolgreiche Autorin mit fremden Federn geschmückt hatte.

Die meisten Frühstücksgäste verließen den Raum. »Ich denke, ich werde mich auf den Weg machen«, teilte ich ihr mit. »Wann fährst du morgen?«

»Ziemlich früh. Ich habe mich schon von Gesa verabschiedet. Rieke ist ja noch bei ihrer Tochter in Amerika.«

Sie schob polternd den Stuhl nach hinten, stand auf und umarmte mich ungelenk. »Danke fürs Zuhören und für … du weißt schon.«

»Schon gut«, wehrte ich ab, »komm gut nach Hause.«

Plötzlich fühlte ich mich unbehaglich. Es war so, als ob ich alles falsch verstanden hätte. Dabei ging mich das Ganze im Grunde genommen gar nichts an. Ich musste dringend noch mal in Ruhe darüber nachdenken.

In Gedanken versunken machte ich mich auf den Heimweg. Das Gespräch ging mir nicht aus dem Kopf.

Die Teeschwestern, die am Nachmittag an ihrem angestammten Tisch im Café saßen, lenkten mich von meinen Grübeleien ab.

Hedwig berichtete eingehend von ihrem morgendlichen Zahnarztbesuch und legte ausschweifend ihre schmerzlichen Empfindungen während der Behandlung in allen Einzelheiten dar.

Tabea grinste. »Im Grunde genommen ist es doch ein Segen, wenn man die dritten Zähne sein Eigen nennen kann. Man kann alles beim Zahnarzt einfach abgeben, shoppen gehen und später das aufpolierte Esszimmer wieder in Empfang nehmen.«

»Du gehst ohne Zähne shoppen?«, fragte die wohlfrisierte Franziska nach. »Stell dir mal vor, es fragt dich jemand etwas. Am allerschlimmsten wäre es, wenn es ein schicker junger Mann wäre.«

Abwartend stand ich am Tisch und wartete immer noch darauf, die Bestellung der Damen entgegenzunehmen, aber die hatten sich in Rage geredet.

»Man muss doch nur die Klappe halten«, meinte Netti, »zur Not kann man doch einfach nicken oder den Kopf schütteln.«

»Ich mache das immer mit einem Schal, je nach Jahreszeit dünn oder dick«, erläuterte Tabea, »den halte ich vor meinen Mund. Wenn mich jemand etwas fragt, nuschele ich was von einem vereiterten Zahn und Angst vor einem Luftzug und dann klappt das schon.«

Ohne auf eine Bestellung zu warten, servierte ich dem Damenquartett einfach wie immer Tee und Torte, denn etwas anderes kam ja sowieso nicht infrage.

Der Rest des Nachmittags plätscherte so dahin. Sogar Leevke fiel es auf, dass ich meine Gedanken nicht bei der Arbeit hatte.

»Emely, du hast das Geld statt in die Kasse zu legen in die Besteckschublade getan.«

»Sorry«, meinte ich zu der jungen Frau, »ich bin heute nicht ganz bei der Sache.«

Am Abend, nach einer wohltuenden Dusche, ging ich die gesamte Unterhaltung mit Renate im Kopf noch einmal durch.

Wieso hatte sie auf die Frage, ob noch jemand davon wisse, so aufbrausend reagiert? Hatte sie schlechte Erfahrungen gemacht? War ich nicht die Erste, die hinter ihren Betrug gekommen war?

Wie hatte sie noch gesagt? Man müsste dann die Konsequenzen sein ganzes Leben lang mit sich herumtragen. Was hatte sie damit gemeint? Bisher hatte sie durch ihren Betrug noch keinen Nachteil gehabt, im Gegenteil, der Erfolg war ihr sicher gewesen. Und dann gab es ja noch ihre unbequemen Übernachtungen auf der Rückbank ihres Bullis. Sie hätte durchaus das Geld gehabt, sich in einem Hotel einzumieten. Wollte sie von niemandem gesehen werden? Und was war mit ihrer abendlichen Fahrradtour, was steckte denn dahinter? Fragen über Fragen und keine Antworten.

Emely, lass den Quatsch, ermahnte ich mich selbst. Renates Befindlichkeiten gehen dich nichts an.

Erst nach Mitternacht fiel ich in einen unruhigen Schlaf. Um vier Uhr morgens schreckte ich hoch. Da stimmte doch was nicht. Renate hatte mir etwas verschwiegen, und ich wollte unbedingt wissen, was das war.

Um fünf Uhr morgens saß ich mit einem Pott Kaffee in meiner Küche. Um sechs hatte ich mein Bad geputzt und bis sieben Uhr meinen Kühlschrank ausgemistet.

Um kurz vor acht saß ich in meinem Bulli und fuhr zum Hotel. Ich parkte, stieg aus und sah mich suchend um. Renates Bus sah ich schon von Weitem. Sie war gerade dabei, ihren Koffer zu verstauen, und stieg anschließend ein. Ich hetzte zu ihr rüber, riss die Beifahrertür auf und hechtete ungelenk auf den Beifahrersitz.

»Was ist denn los?« Ungläubig sah sie mich an.

»Ich habe das Gefühl, dass du mir nicht alles erzählt hast«, keuchte ich.

Doch das, was dann kam, hatte ich allerdings nicht erwartet.

33

Renate sackte förmlich in sich zusammen. In quälender Langsamkeit entfaltete sie ein Papiertaschentuch, schnäuzte sich ausgiebig die Nase und steckte es in ihre Jackentasche.

»Es hat ja keinen Zweck«, murmelte sie und sah mich an. »Im Grunde genommen bin ich dir dankbar, dass du nicht lockerlässt. Ich hätte früher oder später ohnehin mit jemandem reden müssen.«

»Was ist passiert?«

Renate fuhr sich durch die Haare. »Immo kam vor einem halben Jahr unangemeldet bei mir im Harz vorbei«, begann sie zögerlich zu erzählen. »Das war sehr ungewöhnlich, denn er hatte sich noch nie etwas aus mir gemacht. Schon als Kind hat er mich fast immer geflissentlich übersehen. Ich war wirklich erstaunt, ihn zu sehen. Er sagte, er wäre auf dem Rückweg von Berlin und hätte sich ganz spontan entschlossen, mich zu besuchen. Erst war ich ein wenig irritiert, aber dann hatten wir doch einen schönen Abend. Mein zweites erfolgreiches Buch war gerade erschienen und das feierten wir ausgiebig.«

Sie schnappte nach Luft und legte ihre Hand auf ihren Hals.

»Alles gut?«, fragte ich besorgt nach.

»Ja, geht gleich wieder.«

»Erzähle ruhig weiter«, forderte ich sie auf, nachdem sie sich gefangen hatte.

»Wir gingen erst spät ins Bett. Ich machte Immo ein Bett auf dem Sofa in meinem Bügelzimmer.« Sie lächelte gequält. »Das hört sich so vornehm an. Es ist eher ein Raum, in dem ich alles verstaue, was mir sonst im Weg rumsteht oder liegt.«

Ich musste lächeln. »So einen Raum sollte es in jedem Haus geben.«

Renate erwiderte mein Lächeln. »Da hast du vollkommen recht …« Sie legte beide Hände an ihre Schläfen. »Ich muss mich einen Moment sammeln. Wie war das noch genau … Ach ja … Immo muss morgens sehr früh wach geworden sein. In der Küche hat er wohl ein Glas gesucht und dabei eine der unteren Türen des Küchenschranks aufgemacht. Dabei fiel ihm eines von Lisettes Manuskripten in die Hände.«

»Warum hast du sie nicht weggeworfen, sondern sogar mit nach Ostfriesland gebracht?«

Sie zuckte mit den Schultern. »Das konnte ich nicht. Ich bildete mir ein, ich dürfte die Originale nicht vernichten, damit der Erfolg anhält. Ich ging sogar noch weiter und habe immer einen der beiden

Papierstapel mit mir herumgeschleppt, egal wohin ich gefahren bin.«

»Und Immo hat das mit dem Namen gesehen?«

»Ja, er hat mich geweckt und mich danach gefragt. *Das sind nur ein paar Notizen einer Kollegin* wollte ich ihm weismachen. Aber ich hatte nicht damit gerechnet, dass Immo beide der erfolgreichen Bücher komplett gelesen hatte und dass er tierisch neidisch auf meinen Erfolg war. Er hat schließlich eins und eins zusammengezählt und mir auf den Kopf zugesagt, dass ich die Bücher meiner Kollegin unter meinem Namen veröffentlicht habe. Das wäre Betrug und Verletzung des Urheberrechts.«

»Er hat alles gelesen?«

»Ja, deshalb ist es ihm ja überhaupt aufgefallen. Nie im Leben wäre ich auf die Idee gekommen, dass einer aus meiner Familie etwas von mir liest. Bei Immo war es sicherlich nicht die pure Lust daran, einen Kriminalroman zu lesen, sondern seine brennende Eifersucht, weil mir ja augenscheinlich der große Wurf gelungen war.«

Sie kurbelte ihr Fenster herunter und sog die kühle Morgenluft ein, ehe sie weitersprach. »Beim Frühstück rückte er dann damit heraus, dass ich ihm finanziell unter die Arme greifen könne. Seine Wohnung in Wittmund, die kostspieligen Restaurantbesuche und die Wochenenden auf den Inseln in den renommiertesten Hotels, all das würde Geld kosten.«

»Hast du ihm was gegeben?«

»Ja«, nickte sie, »fünfzehntausend Euro, aber das hat ihm wohl nicht gereicht. Vier Wochen später verlangte er nochmal so viel. Das ging vier Monate so. Ich konnte ihm nichts mehr zuschustern. Schließlich musste ich meine Steuern bezahlen. Kein Mensch hätte mir geglaubt, dass ich zahlungsunfähig bin. Die Einladung zu der Firmenfeier war eine gute Gelegenheit, mit Immo eine abschließende Regelung zu finden. Wir verabredeten uns einen Tag vorher in Emden am Außenhafen, da wo die Fähre nach Borkum ablegt. Er lehnte ab, auf die Geldeinnahme zu verzichten. Ich war sauer und beschloss, den Festlichkeiten fernzubleiben. Da ich von niemandem gesehen werden wollte, hatte ich mich auf dem Campingplatz in Carolinensiel sozusagen versteckt. Erst spät am Abend, als ich dachte, dass alle nach den ganzen Huldigungen für die Firma und die doch ach so erfolgreichen Brüder wieder nach Hause gegangen waren, lieh ich mir das Fahrrad von dem Mann auf dem Zeltplatz und fuhr nach Neuharlingersiel. Ich schlich mich ins Firmengebäude, in der Hoffnung, Immo wäre vielleicht noch mal in sein Büro gegangen. Ich wollte ihn unbedingt zur Rede stellen. Stattdessen traf ich ihn im Flur an. Er wollte gerade durch das hintere Treppenhaus das Gebäude verlassen. Es war ziemlich dunkel. Ich war wütend und hatte panische Angst, dass ich mich vor aller Welt bis auf die Knochen blamiere, wenn er mich verraten würde. Ich kannte meinen Bruder, er würde sogar Tante Tinka irgendwem ans Messer liefern, wenn es ihm nützlich wäre. Ich rief ihm leise nach, er solle stehen bleiben. Ich wollte ja nicht, dass irgendjemand etwas von unserer Unterhaltung mitbekommt. Er hatte mich nicht gehört ... Der Kerzenleuchter ... Ich bin hinter ihm her ... Er lag auf einmal am Boden. Und glaub mir, erst als ich ihn in die Truhe zerren wollte, bemerkte ich, dass es Ralf war, den ich ... Dabei ist Ralf fast einen Kopf größer als Immo, aber in diesem Moment ... Ich war in Wut und Panik.«

Sie ließ ihren Kopf auf die Nackenstütze fallen und schloss die Augen. »Ich bin so eine Idiotin.«

Ich benötigte einen Moment, um Renates Beichte in meinem Kopf zu ordnen. Auf die Idee, dass Ralf gar nicht das Opfer sein sollte, wäre ich im Traum nicht gekommen.

»Ich muss jetzt jemanden anrufen«, teilte ich Renate mit.

Sie nickte nur und hielt ihre Augen geschlossen.

Nervös fummelte ich mein Telefon aus der Jackentasche und wählte eine Nummer.

»Hier ist Emely«, meldete ich mich. »Bertus, könntest du bitte deine ehemaligen Kollegen verständigen?« In aller Kürze informierte ich den ehemaligen Kommissar über die aktuellen Ereignisse.

»Wir können hier warten«, sagte ich zu Renate, »es kommt gleich jemand, der sich um dich kümmert.«

Es dauerte keine zwanzig Minuten, bis die Polizei aus Wittmund eintraf. Renate stieg sofort aus, schloss ihr Auto ab und setzte sich auf den Rücksitz des Polizeiautos.

Sie drehte sich zu mir um und sah mich ausdruckslos an.

34

Renate van der Pütten wartet jetzt auf ihren Prozess. Außerdem sieht sie einer hohen Schadensersatzforderung ihres Verlages entgegen. Ihre Autorinnenkarriere war definitiv zu Ende.

Elaines Chefarzt entpuppte sich als Hausmeister der Ferienwohnungsanlage auf Langeoog, in der er angeblich eine Wohnung besaß. Elaine bedauerte diese Lüge zutiefst, denn der Mann war nett, höflich und kultiviert, aber diese Hochstapelei konnte sie ihm nicht durchgehen lassen. Sie trennte sich umgehend von ihm.

Gesa zog in eine kleine Wohnung über der Bücherei. Sie hatte die bisherige Leiterin der Bibliothek erfolgreich rausgeekelt und schaltete und waltete jetzt nach ihrem Gutdünken, so wie es ihr in den Kram passte.

Von Ava Terveer hat man nie mehr etwas gehört. Teelse behauptete steif und fest, die ehemalige Sekretärin wohnte jetzt in Dubai, weil ein Ölscheich sie als seine Viertfrau geehelicht hätte.

Die Firma ›*Die Lichtmacher*‹ existiert weiterhin. Die Familie van der Pütten hat alles an einen Unternehmer aus Süddeutschland verkauft und dieser führt die Firma unter dem ursprünglichen Namen weiter.

Sechs Wochen nach der Beisetzung der Brüder informierte man die eben erst aus Amerika zurückgekehrte Rieke, dass ihr verstorbener Mann Ralf eine Doppelhaushälfte am Ortsrand von Oldenburg besessen hatte. Im Vorfeld der Beurkundung beim Notar hatte er sich mit dem ersten Wohnsitz bei der Adresse von Tante Tinka angemeldet, damit niemand von dem Immobilienerwerb Wind bekam. Die Hausverwalterfirma in Oldenburg hatte nach Ausbleiben der regelmäßigen Zahlungen für Gartenarbeiten und Betriebskosten vergeblich versucht, den Eigentümer zu erreichen. Rieke fiel aus allen Wolken, als sie erfahren musste, dass Ralf seine Lebensversicherung vorzeitig aufgelöst hatte. Den Rest des Kaufpreises hatte er sehr geschickt dem Betriebsvermögen der Firma entnommen, um das Haus komplett bezahlen zu können. Man vermutete, dass dies ein Geschenk für seine Tochter Alina und deren Mutter werden sollte, da für beide ein lebenslanges Wohnrecht im Grundbuch eingetragen worden war.

Die Teeschwestern haben das Projekt *Buchclub* auf Verlangen von Franziska wieder aufgegeben, weil sie der Ansicht war, dass ihren Freundinnen das nötige Verständnis für Literatur fehlte.

Bei mir läuft alles wie immer … In einer Frauenzeitschrift las ich kürzlich einen Artikel über eine vielversprechende entschlackende Diät, bestehend aus einem überwiegenden Anteil von Ananas und Melonen. Man will ja nichts unversucht lassen. Drei Tage hielt ich durch, dann warf ich das Handtuch. Einen Teil meines Tages auf der Toilette zu verbringen, war nicht das, was ich wollte.

Da saß ich doch lieber in Selmas Küche und sah ihr zu, wie diverse Köstlichkeiten unter ihren Händen entstanden. Eine ausführliche Verkostung der Backwaren war natürlich eingeschlossen.

Moin liebe Leserinnen und Leser

Ich freue mich, dass Sie sich darauf eingelassen haben, Emely Petersen kennenzulernen. In ihr steckt viel von uns allen, die täglichen Herausforderungen, eine gewisse Bereitschaft am Leben seiner Mitmenschen teilzunehmen und die Genussfähigkeit an den kleinen Dingen des Alltags.

Wenn Sie mehr über Emely Petersen lesen wollen:
„Tango, Torte und ein Mord"
„Kamillentee für eine Leiche"
„Operation Ananas"
„Tildas dicke Fische"
„Im Watt nix Neues"
„Jaspers Giftbude"
„Die Lichtmacher"
Alle Bücher sind in sich abgeschlossen und können unabhängig voneinander gelesen werden.

Die Printbücher gibt es in jeder Buchhandlung und in jedem Onlineshop.

Das ebook erhalten Sie bei **amazon.de.**

Newsletter

In den doch recht stillen Stunden beim Schreiben an meinem Laptop (ich gucke zwischendurch mal aus dem Fenster und verfolge interessiert, wie mein Nachbar seine Müllsäcke an die Straße stellt), merke ich, dass ich doch hin und wieder eine Plaudertasche bin.

In meiner „*Post von der Küste*“ kann ich mich diesbezüglich sicherlich ausleben.

Wer also Interesse an meinem Newsletter hat, findet die Anmeldung dazu auf meiner Webseite:

https://www.ele-wolff.de/

Außerdem bin ich auf facebook oder Instagram zu finden.

Ansonsten bin ich irgendwo an der Küste Ostfrieslands unterwegs, wo ich stets Ausschau nach neuen Herausforderungen für Emely Petersen halte.

Ihre Ele Wolff

Autorin Ele Wolff

…über Liebe, Lust und Leichen
Krimis und andere Gemeinheiten…

Nach dreißig Berufsjahren als Krankenschwester, nach einem Umweg als Galeristin und Vermieterin von Ferienwohnungen auf der Insel Borkum, lebe ich heute in Leer/ Ostfriesland. Auch wenn ich keine waschechte Ostfriesin bin, (in Frankfurt/Main geboren) betrachte ich mich doch als Gesinnungsostfriesin und gebe mich ganz meinen kriminellen Energien hin. In Ostfriesland, hinter den Deichen, im Watt und auf den Inseln geschehen manche unheimlichen Dinge, von denen niemand etwas weiß.

Das ist genau die Umgebung, die die Fantasie anregt. In den Geschichten kann ich Gedanken ausleben, die man im wahren Leben nicht so leicht findet oder die unangebracht sind. Ich kann unliebsame Ehemänner oder Chefs entsorgen, reich durch Erbschaft werden oder einfach in einen anderen Erdteil flüchten. Und was besonders von Vorteil ist: Schreiben ist spannend und es macht nicht dick.

Weitere Bücher der Autorin

„Janneke Hoogestraat ermittelt“ -Print & ebook Reihe:

1. Friesenhuus
2. Eisige Gier
3. Mörderischer Nebel
4. Die Toten von Spiekeroog
5. Greetsieler Mühlenmord
6. Mord mit Deichblick
7. Der Wattlooper von Harlesiel
8. Ebbe und Wut

„Henriette Honig ermittelt“- ebook Reihe:

1 Das tote Kind

2. Ostfriesisches Gift
3. Stummes Herz
4. Mörderisches Emden
5. Mordsplan
6. Nordseetod
7. Tod im Strandkorb
8. Spurlos in Ostfriesland
9. Fünf-Sterne-Mord
10. Küstenwut
11. Rysumer Fluch
12. Der Sanddornmörder

Weitere Bücher:

Bei Stina brennt noch Licht-ebook

Das Geheimnis von Hooksiel-ebook

FSC
www.fsc.org
MIX
Papier | Fördert gute Waldnutzung
FSC® C083411

Zeitfracht Medien GmbH
Ferdinand-Jühlke-Straße 7
99095 Erfurt, Deutschland
produktsicherheit@kolibri360.de

Druck:
CPI Druckdienstleistungen GmbH
im Auftrag der
Zeitfracht Medien GmbH
Ein Unternehmen der Zeitfracht - Gruppe
Ferdinand-Jühlke-Str. 7
99095 Erfurt